古典詩歌研究彙刊

第二七輯

龔鵬程 主編

第 19 冊

錢鍾書與宋詩研究（下）

季 品 鋒 著

國家圖書館出版品預行編目資料

錢鍾書與宋詩研究（下）／季品鋒 著 ─ 初版 ─ 新北市：花

木蘭文化事業有限公司，2020〔民 109〕

目 2+144 面；17×24 公分

（古典詩歌研究彙刊 第二七輯：第 19 冊）

ISBN 978-986-485-989-4（精裝）

1. 錢鍾書 2. 宋詩 3. 詩評

820.91　　　　　　　　　　　　　　　109000195

ISBN-978-986-485-989-4

9 789864 859894

古典詩歌研究彙刊
第二七輯　第十九冊
ISBN：978-986-485-989-4

錢鍾書與宋詩研究（下）

作　　者　季品鋒
主　　編　龔鵬程
總 編 輯　杜潔祥
副總編輯　楊嘉樂
編　　輯　許郁翎、張雅淋　美術編輯　陳逸婷
出　　版　花木蘭文化事業有限公司
發 行 人　高小娟
聯絡地址　235 新北市中和區中安街七二號十三樓
　　　　　電話：02-2923-1455／傳眞：02-2923-1452
網　　址　http://www.huamulan.tw 信箱 hml 810518@gmail.com
印　　刷　普羅文化出版廣告事業
初　　版　2020 年 3 月
全書字數　200425 字

錢鍾書與宋詩研究（下）

季品鋒　著

目

次

上　冊

第三章　作為選本的《宋詩選注》

第一節　從選本角度觀照《宋詩選注》

一、研究回顧

　　《宋詩選注》從 1958 年 9 月由人民出版社第一次出版至今，已有 60 年的歷史。據筆者初步統計，在這 60 年中，直接研究或討論這一選本的論文已超過五十篇，相關或涉及這一選本的論文更是不計其數。在展開新的研究之前，我們有必要對以往的成果作一簡單的回顧與小結。為敘述的方便，筆者按時間順序將《宋詩選注》的已有研究劃分為三階段：

第一階段：80 年代前

　　由於這一階段特殊的政治氣候，有些論文已超出了文學批評的範圍。這一階段的兩篇有價值的論文是：夏承燾的《如何評價〈宋詩選注〉》（《光明日報》1959 年 8 月 2 日）、小川環樹的《錢鍾書的〈宋詩選注〉》（《中國文學報》第 10 冊，1959 年，日本）。

　　《如何評價〈宋詩選注〉》一文最大的特點是從選本的角度來評《宋詩選注》。首先在簡單回顧以往宋詩選本的不足後，夏充分地肯

定了錢鍾書做爲選家的「識」﹝註1﹞；第二，夏對《宋詩選注》的選本性質作出了一個判斷，認爲「《宋詩選注》就其取材和對象言，乃是近於品藻的性質，而不純是讀本。」第三，夏充分肯定了《宋詩選注》的作家小序的價值。第四從選本的不變與變的角度肯定了《宋詩選本》的選目。

第二階段：1980～1999 年

80 年代初期，關於《宋詩選注》，以介紹性的文評爲主，如黃立振《宋詩選注》（《八百種古典文學著作介紹》中州書畫社 1982 年 8 月初版）、舒展《錢鍾書與〈宋詩選注〉》（《書訊報》1987 年 9 月 14 日）、孟令玲《錢鍾書的〈宋詩選注〉》（《自立晚報》1980 年 6 月 1 日，臺灣）、吳莫敏《選詩何必一窩蜂》（《大公報》1981 年 2 月 28 日，香港）基本上都是以向讀者介紹《宋詩選注》爲目的，當然，我們也可以從中看到港臺對《宋詩選注》的關注也正是從這個時候開始的。這些文評對於推廣《宋詩選注》起到了一定作用，但是眞正含有學術研究質量的不多。這一局面到王水照師的《關於〈宋詩選注〉的對話》一文的發表被打破。

《關於〈宋詩選注〉的對話》一文採用的「對話體」形式在所有論文中屬首創，從整篇行文看，一起到了介紹的作用，二在對話中，王水照師充分地傳達了自己對《宋詩選注》的閱讀感受，同時也爲以後的《宋詩選注》研究起到了很好的指路作用。第一點，他指出「錢先生的《宋詩選注》不是一部一般意義上的文學選本。它雖然屬於普及性讀物……卻又是一部獨具慧眼特識、別有學術風采的詩學專著。」第二著重介紹了閱讀此書的四種「讀法」：第一是從宋代詩歌演變史的角度讀「評」。第二是從比較鑒賞學的角度讀

﹝註1﹞ 「這個選本，確實衝破了選宋詩的重重難關，無論在材料的資取上，甄選的標準上，作家的評騭上，都足以使讀者認識到宋詩的面貌……錢先生在這個選本裏，也充分地表露了他的一般對於詩的和特別對於宋詩的見解，而這也正是構成一個好的選本的主要因素之一。」

「注」。第三，從版本學的角度研究「修改」。第四，從貫通互參的角度讀全書。

其實，這四條與其說是「讀法」，不如說是王水照師爲我們指明了研究《宋詩選注》的四種途徑與方法。如陸文虎的《碧海掣鯨閒此手　只教疏鑿別清渾——略談〈宋詩選注〉第二版的修改》（《錢鍾書研究》第二輯）即是第三種讀法。徐志嘯的《〈宋詩選注〉中的「打通」》（《比較文學與中國古典文學》學林出版社 1995 年 8 月出版）即是第四種讀法。

進入九十年代，《宋詩選注》的研究又呈現了一些新的趨勢，如馬曉斌的《〈宋詩選注〉論比喻：錢鍾書比喻說研究之二》（《語言研究》1999 年增刊）從語言學的角度來觀照。90 年代的相關論文中，筆者以爲丁毅的《模糊銅鏡的背面——讀〈宋詩選注〉》（《貴州大學學報》1995 年第 4 期）是值得特別提出的，它的結論有待商榷，但它的觀察點值得我們注意。我們來看一下它的內容提要：

錢鍾書先生認爲《宋詩選注》受到當時社會風氣影響未能表現清楚他的詩學觀點，喻之爲「模糊的銅鏡」。本文認爲真正體現錢氏觀點的是《談藝錄》，這本專著集中體現了作者的宋詩派立場。建國初期審美取向向勝唐之音傾斜，運用馬克思主義研究古典文學成爲共識，然水平有限，這影響選本有兩個傾向：一是力圖以唐音眼光觀照宋詩，二是重視暴露黑暗作品。這樣一部宋詩選本就難見宋詩特色。又從選詩實際出版指出也有得時代風氣之賜處，如對范成大田園詩的評價、對陸游的評價也糾正了《談藝錄》中的偏頗。最後又根據一般人不選此書偏選、一般人愛選此書偏不選的一些詩看出這個選本頑強地表現出選者的獨家眼光。

丁毅的一些結論如《宋詩選注》對陸游的評論是得到了糾正、還是受到了負面影響，是有待探討的。本文最大的特點還是從「選」的角度對《宋詩選注》進行了觀察，這在以往的研究甚至說現在已有的研究中往往迴避不談的。

第三階段：2000～至今

這是最近幾年的研究，對於《宋詩選注》的研究日趨細緻：如從語言的角度考察《宋詩選注》，有魏景波《〈宋詩選注〉對喻論》（《西北農林科技大學學報》2001 年第 3 期）、魏景波《〈談藝錄〉的曲喻論和〈宋詩選注〉的曲喻》（《修辭學習》2003 年第 3 期，）探悉了學術論文的寫作，如何深入淺出，如何生動形象，如何喜聞樂見，認爲《宋詩選注》是個很好的範本。同時認爲大量比喻的運用拓展了文學評論的「語言空間」，具有深刻、鮮明、生動以及整體把握論述對象的特點。

又如王兆鵬的《錢鍾書〈宋詩選注〉的文獻價值及文獻疏失》（《中國文化研究》2003 年春之卷）指出：錢鍾書的《宋詩選注》的一個特點是它的選源豐富，它佔有資料的廣博，這一點幾乎是公認的，但沒有人對此作出過總結。王兆鵬的這篇論文填補了這一空白，他認爲《宋詩選注》的文獻價值主要體現在三個方面：一是選源異常豐富，二是引用、提示的文獻特別多，三是注意輯補軼作和考證文獻眞僞。有些甚至可以補後出的《全宋詩》，如第 470 頁提到明程敏政《新安文獻志》甲集卷五十所載方回《桃源行》是方回《桐江續集》未收的軼作——此首《全宋詩》方回名下尚未補入。

也有從現有材料出發，指正《宋詩選注》存在的錯誤：如向以鮮《版本傳播與選詩態度——關於錢鍾書〈宋詩選注〉中一個看法的考辯》（《四川大學學報》2000 年第 3 期）。《宋詩選注・序》中錢鍾書提出：「閱讀前人詩歌選集時該有保留，因其選集大多比較草率，比如清代吳之振、呂留良合編的《宋詩鈔》所選的劉克莊詩作，只選了劉氏前十六卷的作品，卷十七至卷四十八的作品一首頁沒有選錄。」向文考察了劉克莊集子在宋元明清之際的流傳情況，得出結論：吳呂二人未選劉克莊後期之作，並非態度草率所致，而是因爲他們根本沒有見過卷十七以後的詩，全文的推理與結論都十分讓人信服。

　　也有從新材料出發，對《宋詩選注》進行觀照的，如王水照師《〈宋詩選注〉刪落左緯之因及其他——初讀〈錢鍾書手稿集〉》（《文學遺產》2005 年第 3 期）。文章以新近出版的《錢鍾書手稿集·容安館札記》中論左緯的第二八六則爲基礎，分析了《宋詩選注》重印時刪去初版所選左緯其人其詩的原因，認爲入選作品中具有「賊」、「寇」等與時「違礙」的內容是刪左的直接原因；而其深層原因則與錢鍾書的對宋詩發展的一系列重要見解有關。「他評左緯『能夠擺脫蘇軾、黃庭堅的籠罩』，『不模仿杜甫』，『已開南宋人之晚唐體』，確定其在宋詩體派史中的過渡地位。而這一地位的確定，主要以兩組『賊』、『寇』詩爲依據。刪詩導致刪人，遂使《宋詩選注》潛在的環環相扣的詩史鏈條，遭到中斷。」這既是對《宋詩選注》修改的一次考察，也是對《宋詩選注》內在的宋詩發展觀的再次梳理。同時也讓我們注意到《容安館札記》的出現，爲我們重新觀察《宋詩選注》、重新審視錢鍾書的宋詩研究提供了新的材料，新的視角。

　　以上是對《宋詩選注》已有研究的一個簡單回顧。

　　在上述的論文中，從研究者的批評角度出發，幾乎都認爲「評」是最有價值的部分，或者說大家最認同的是錢鍾書在各個詩人小傳中表達的他對宋詩發展的看法。筆者在此提出一個觀察視角的問題——即作爲一個普通的大眾讀者，第一次接觸《宋詩選注》，他最關心的是什麼？他的第一印象是什麼？一位普通讀者最關心的應該是錢鍾書先生給他們呈現了哪些詩歌中的「經典」，《宋詩選注》給他的第一印象應該是「選本」而非「詩學專著」，更不應該是一部「宋代詩歌的發展史」。讓我們先回顧一下《宋詩選注》的誕生的過程，也許有助於我們更清楚地認識這一問題。

　　香港版《宋詩選注》前言裏的一段話是我們常常引用的：

　　　這部選注是文學研究所第一任所長已故鄭振鐸先生要我幹的。因爲我曾蒙他的同鄉前輩陳衍（石遺）先生等的過獎，（他）就有了一個印象，以爲我喜歡宋詩。這部選本

不很好；由於種種原因，我以爲可選的詩往往不能選進去，而我以爲不必選的詩道選進去了。只有些評論和注解還算有價值。〔註2〕不過，一切這類選本都帶些遷就和妥協。

關於此書的創作起源，錢鍾書講的比較模糊。楊絳夫人在最近出版的《我們仨》中，有更清楚地說明：

> 毛選翻譯委員會的工作於一九五四年底告一段落。鍾書回所工作。
>
> 鄭振鐸先生是文研所的正所長，兼古典文學組組長。鄭先生知道外文組已經人滿，鍾書擠不進了。他對我説：「默存回來，借調我們古典組，選注宋詩。」
>
> 鍾書很委屈。他對中國古典文學，不是科班出身。他在大學裏學的是外國文學，教的是外國文學。他由清華大學調入文研所，也屬外文組。放棄外國文學研究而選注宋詩，他並不願意。不過他瞭解鄭先生的用意，也贊許他的明智。鍾書肯委屈，能忍耐，他就借調在古典文學組裏，從此沒能回外文組。〔註3〕

因此，從《宋詩選注》的誕生看，這更像是鄭振鐸先生給錢鍾書的「命題作文」，這個「作文」的後面有個更大的標題是——「中國古典文學作品」讀本叢書的第五種。從這些《宋詩選注》的誕生的背景看，《宋詩選注》首先應該是作爲一個「詩歌選本」而存在的。今日，我們更應該從選本的角度來觀察作爲選本的《宋詩選注》給我們留下了什麼。錢鍾書是對自己要求非常高的人，不能因爲說過作者說過的「由於種種原因，我以爲可選的詩往往不能選進去，而我以爲不必選的詩道選進去了。只有些評論和注解還算有價值」，就只重視「評」、「注」，而忽視「選」，事實上，在「選」方面，錢鍾書還是下了工夫的。關於這一點，楊絳夫人在《我們仨》中關於《宋詩選注》

〔註2〕 筆者按，此處原注如下：「最近看到胡頌平《胡適之先生晚年談話錄》（臺灣，1984 年）20 至 21 頁評及《宋詩選注》，對選目很不滿意，並認爲迎合風氣，卻說：『注確實寫得不錯。』」
〔註3〕 《我們仨》，楊絳著，三聯書店，2003 年版，第 127～128 頁。

－160－

選目問題的一段回憶也許應該引起專業研究者的注意：

> 許多人認為《宋詩選注》的選目欠佳。鍾書承認自己
> 對選目並不稱心：要選的未能選入，不必選的都選上了。
> 其實，在選本裏，自己偏愛的詩不免割愛；鍾書認為不必
> 選的，能選出來也不容易。有幾首小詩，或反映民間疾苦，
> 或寫人民淪陷敵區的悲哀，自有價值，若未經選出，就埋
> 沒了。鍾書選詩按照自己的標準，選目由他自定，例如他
> 不選文天祥《正氣歌》，是很大膽的不選。

二、我們為什要從選本的角度來研究《宋詩選注》

從現有的地位看，縱向上，雖說詩分唐宋，但宋詩對大眾的影響遠遠比不上唐詩；橫向上，雖說「宋詩」「宋詞」都是同一時期的文學，但從接受看，宋詞的影響力要遠遠高於宋詩。從專業研究的角度看，不可否認，宋詩有待開採，但這待開採狀態的本身就是一種「荒」的表現。這與一種大眾審美的心理定勢有關，而這種審美定勢的形成，與選本的影響關係重大。而對於選本的研究，在專業研究領域一向是比較薄弱的環節：

> 凡是輯錄詩文的總集，都應該在批評學之內。選錄詩
> 文的人，都各人顯出一種鑒別去取得眼光。這正是具體的
> 批評之表現。……我們如果從勢力影響上來講，總集的勢
> 力又遠在詩文評專書之上。研究文學批評學的人，往往只
> 理會那些詩話文話，而忽略了那些重要的總集了。〔註4〕

從選本看，宋詩是遠遠落後於唐詩的。據孫琴安統計〔註5〕，從唐開元年間孫季良編選第一個選本《正聲集》至清末，史籍載錄得唐詩選本達六百多種，其中唐代 20 種，五代 21 種，宋金 31 種，元代 10 種，明代 216 種，清代 365 種，現在留下的有 300 多個。而在流傳的唐詩選本中，形成了以殷璠《河嶽英靈集》、高仲武《中興間氣

〔註4〕　《中國文學批評‧導言》，上海世界書局，1934 年 5 月版。
〔註5〕　孫琴安《唐詩選本六百種提要》，陝西人民教育出版社。

集》、高棅《唐詩品匯》、李攀龍《唐詩選》、金聖歎《選批唐才子詩》、王士禎《唐賢三昧集》、沈德潛《唐詩別裁集》、孫洙《唐詩三百首》等各具特色的選本。這些選本，或是專家選本，在唐宋詩爭中推動了唐詩學的發展，或著眼於普及推廣，面向廣大民眾，起到了良好的傳播作用。許多膾炙人口的名篇，就賴各種選本的多次收錄而被廣爲流傳。而《唐詩別裁》、《唐詩三百首》這些選本之所以能夠超越前人的影響而又擁有廣大的讀者，代代相傳，經久不衰，這固然與編者的慧眼卓識、心血汗水分不開，但同時也是各代詩選家們長期爭論和反覆探討的結果。

與唐詩選本相比，宋詩選本就沒有這麼幸運了。

首先，在選本數量上無法與唐詩選本抗衡。這無疑會影響大眾讀者對宋詩的接受。宋詩中自有生命力的作品，但它更多的是通過其他的途徑與後代讀者產生溝通，而非選本。

其次，缺乏獨立地位。宋詩的影響力，更多的是來源於幾部唐宋詩合編的選本，專家選本如方回的《瀛奎律髓》、高步瀛的《唐宋詩舉要》，大眾讀本如《千家詩》，宋詩附在唐詩的身後，缺乏獨立的地位。

第三：從明代的《宋藝圃集》到清代的《宋詩鈔》、《宋詩紀事》，這些宋詩選本，更多的帶有「存」詩的意味，而缺少「選政」。宋元明清四代中，值得一提的帶有選政味道的獨立的宋詩選本似乎只有一本《宋詩別裁集》，而它的影響力也無法與《唐詩別裁集》、《唐詩三百首》等唐詩經典選本相提並論，只有民國時期陳衍的《宋詩精華錄》爲宋詩在大眾讀者中贏得了一定的影響。

毫無疑問，《宋詩選注》的闡釋空間是十分巨大的，而其中最吸引當代研究者（專業閱讀者）眼球的無疑是該書所蘊含的「文學史敘述」特色。正因爲如此，眾多研究者都提到了《宋詩選注》與宋代詩歌史敘述的關係。筆者以爲，這裡存在一個研究視角的問題，我們（研究者）的特殊的身份以及職業習慣，妨礙了我們對《宋詩選注》

的閱讀、觀察與思考。《宋詩選注》的「選」字提醒我們它首先是做爲一個「選本」而存在的。

　　韋勒克《現代文學批評史》第五卷《革新者們：艾茲拉・龐德》這樣介紹龐德的批評藝術：「龐德本人並不把批評的作用看得很重，他曾區分兩種功用：一、理論上批評設法走在作品之前，充當標尺……二、剔除。做總體安排，並提出實際上已被完成的東西，……這種工作就像一個優秀藝術選審委員會或以爲博物館長在國家美術館或生物博物館中所要做的事。」

　　韋勒克又介紹說：「龐德的大部分批評著作是爲第二個目的服務的：展示、指出、挑選。他說：『我贊成大約百分之八十的展示，百分之二十的喋喋不休。』……對批評家作評價主要是根據他們的挑選，而不是根據他們的空談。」

　　「百分之八十的展示，百分之二十的喋喋不休」——這個比例很值得引起我們的注意。《宋詩選注》中對宋詩發展的一些判斷與評論當然不是「喋喋不休」、不是「空談」。但它占的比例，它在全書的起的作用，是依附於所選的作家、作品之上的。

　　本章的重心就在於從選本的角度，對《宋詩選注》進行重新關照。

第二節　從《容安館札記》看《宋詩選注》的選源 [註6]

　　今人選注古典詩歌，一般都不太重視「選」，通常是找幾種前賢今人的相關選本，按照自己的需要，從中「選」出若干首，便組裝拼合成一種「新」選本。這樣的選本，「選源」既陳舊有限，又是在前人劃定的圈子內重新組合，也就不可能發現、挖掘出新的作品，所選作品雖然也可能是名篇佳作，但又能發現多少「新礦」，令人懷疑。

〔註 6〕選源是蕭鵬的《群體的選擇——唐宋人選詞與詞選通論》中提出的一個概念，指編選者所依據的文獻範圍和來源。

　　從現在做為最終「定本」出現於我們面前的《宋詩選注》來看，它所涉及的宋詩資料的信息量是驚人的。這幾乎已經得到了眾多專業研究者的一致公認。〔註7〕錢鍾書注宋詩是在二十世紀五十年代，條件遠不如現在，那時沒有《全宋詩》可資利用，所以錢鍾書感慨：「《全唐詩》雖然有錯誤和缺漏，不失為一代詩歌的總匯，給選唐詩者以極大的便利。選宋詩的人就沒有這個便利，得儘量翻看宋詩的總集、別集以至於類書、筆記、方志等等。而且宋人別集裡的情形比唐人別集裡的來得混亂，張冠李戴、掛此漏彼得事幾乎是家常便飯。」〔註8〕多年以後，楊絳夫人回憶到：「選宋詩，沒有現成的《全宋詩》供選擇。鍾書是讀遍宋詩，獨自一人選的。他沒有助手，我只是『賢內助』，陪他買書，替他剪貼，聽他和我商榷而已。那麼大量的宋詩，他全部讀遍，連可選的幾位小詩人也選出來了。他這兩年裏工作量之大，不知有幾人曾理會到。」〔註9〕

　　據王兆鵬統計，《宋詩選注》直接徵引過的宋詩總集有 11 種、宋代詩文別集 169 種、類書 8 種、宋人筆記 45 種、宋人詩話著作 20 種、方志 2 種。這還不包括那些查閱過而沒有徵引的宋人著作，這一部分從《宋詩選注》中看不到。

　　當然也有研究者對《宋詩選注》的選源提出過質疑：

　　最早提出這一問題的是臺灣的胡適。胡適以為「他（錢鍾書）大概是根據清人《宋詩鈔》選的。」〔註10〕劉永翔對胡適的這一觀

〔註7〕　如内山精也：「此書在日本的有識之士中間，已經公認為宋詩的最有
　　　　價值的注本、宋詩的一種有權威性的參考文獻」（王水照，内山精也
　　　　《關於〈宋詩選注〉的對話》，《文史知識》1989 年第 5 期）；陳傑：
　　　　「書中信息量這麼大，並非一般的工夫。幾年前我與秦寰明先生話
　　　　及此書，一致感慨，就對宋人別集等文獻資料閱讀而言，今日治宋
　　　　詩者要達到如此廣泛的程度是很難的。」（《回顧、評價與展望──
　　　　關於本世紀宋詩研究的對話》，《文學遺產》1998 年第 5 期）
〔註8〕　《宋詩選注·序》，三聯書店，2002 年版，第 21 頁。
〔註9〕　《我們仨》，楊絳，三聯書店，2003 年版，第 137 頁。
〔註10〕　《胡適之先生晚年談話錄》，臺灣聯經出版社，1984 年版，第 20 頁。

點表示了部分的贊同：「胡適此語我本以爲純是『胡猜』，……然而，經過小心的核對，我發現胡適的『大膽假設』也有部分的正確性。書中所選的八十家詩人中，王禹偁、林逋、蘇舜欽、歐陽修、李覯、文同、秦觀、孔平仲、唐庚、黃庭堅、陳師道、韓駒、劉子翬、楊萬里、陳造、四靈、劉宰、戴復古、汪元量等二十二家詩無一不見《宋詩鈔》或《宋詩鈔補》，先生沒有在費力去搜求滄海遺珠。」〔註11〕

這是一個涉及《宋詩選注》學術質量以及作者編寫態度的問題。如果胡、劉兩位學者的猜測成立的話，那麼《宋詩選注》的學術價值就要打上大大的問號。現在《錢鍾書手稿集・容安館札記》的出版爲我們提供了一個有力的證據，證明錢鍾書在選宋詩前所讀的絕非僅僅《宋詩鈔》、《宋詩鈔補》、《宋詩紀事》、《宋百家詩存》等已有的宋詩總集。

在考察展開之前，有一個寫作時間的問題得先得到解決。

《宋詩選注》是 1958 年由人民文學出版社出版的，而實際上的創作完成時間要早的多。錢鍾書的《槐聚詩存》收了一組《赴鄂道中寄絳》，其中第二首是關於《宋詩選注》創作的一些感受的：「晨書暝寫細評論，詩律傷嚴敢市恩。碧海摯鯨開此手，只教疏鑿別清渾。」詩後有注：「《宋詩選注》脫稿付印。」

這組詩的編年是「1957 年」，我們還可以精確些，是 1957 年的一、二月間，錢鍾書之所以「赴鄂」是因爲他的父親病重，前去探病。

這也就是說在 1957 年的一、二月前，1956 年底，錢鍾書已經完成了《宋詩選注》的創作，那麼，《容安館札記》中 1957 年 2 月以後的內容是不在本文考察範圍的。因爲從內容看現已出版的三卷《容安館札記》並非全爲《宋詩選注》作準備，《札記》所跨越的時間度要

〔註11〕 劉永翔《讀〈宋詩選注〉》，《錢鍾書研究集刊》第二輯，上海三聯書店，2000 年版。

來得長的多，即有些《札記》是在《宋詩選注》創作完成後的。那這些《札記》是不應該納入我們的考察範圍的。筆者把這個範圍圈定在《札記》第634則（卷二，第1231頁）之前，因爲這一則正是錢鍾書創作的題爲《赴鄂道中寄絳》一組近體詩（個別字詞稍異），同樣在第二首的後面也有一段小注——「余選注宋人詩甫卒業」。

下面我們一起來看一下第634則前《容安館札記》中有關宋人詩文集的情況：

第1則（卷一，第1頁）閲曹庭棟（六圃）《宋百家詩存》至卷四。凡在宜秋館宋人集、南宋六十家集、武英殿叢書中已見者皆置不觀。

第20則（卷一，第20頁）《宋百家詩存》（卷六謝薖《竹友集》等）

第22則（卷一，第23頁）曹庭棟《宋百家詩存》（卷十六陳鑑之《東齋小集》等）

第58則（卷一，第103頁）程大昌《考古編》

第65則（卷一，第111頁）《癸辛雜記續集》

第84則（卷一，第145頁）岳珂《桯史》十五卷

第100則（卷一，第166頁）羅椅《澗谷遺集》四卷

第101則（卷一，第167頁）許月卿《先天集》十卷，四庫叢刊續編本

第120則（卷一，第184頁）徐節孝先生文集三十卷，又語錄一卷

第129則（卷一，第195頁）劉塤《水雲邨吟稿》十二卷

第139則（卷一，第207頁）劉子翬《屛山全集》二十卷

第153則（卷一，第228則）李之儀《姑溪居士前集》

第218則（卷一，第321頁）謝翱《晞髮集》十卷、遺集二卷，清平湖陸大業重刊本

第226則（卷一，第341頁）孫覿《鴻慶居士集》四十二卷

第 229 則（卷一，第 358 頁）文同《丹淵集》四十卷、拾遺二
　　卷、附錄一卷

第 230 則（卷一，第 361 頁）《冷齋夜話》換骨法、奪胎法

第 232 則（卷一，第 362 頁）《二程遺書》

第 246 則（卷一，第 392 頁）汪藻《浮溪集》三十二卷

第 249 則（卷一，第 400 頁）王鎡《月洞詩集》二卷

第 250 則（卷一，第 401 頁）李覯《盱江全集》三十七卷

第 251 則（卷一，第 405 頁）秦觀《淮海集》十七卷、後集二
　　卷、詞一卷

第 252 則（卷一，第 410 頁）方岳《秋崖先生小稿》三十八卷

第 254 則（卷一，第 424 頁）仇遠《山村遺集》一卷、稗史一
　　卷、附錄一卷

第 255 則（卷一，第 426 頁）郭祥正《青山集》三十卷、續集五
　　卷

第 256 則（卷一，第 430 頁）胡仲弓《葦航漫遊稿》四卷

第 258 則（卷一，第 434 頁）周密《草窗韻語》六卷

第 259 則（卷一，第 438 頁）黃庶《伐檀集》二卷

第 260 則（卷一，第 440 頁）饒節《倚松老人詩集》二卷

第 261 則（卷一，第 443 頁）王蘋《王著作集》八卷

第 262 則（卷一，第 443 頁）吳芾《湖山集》十卷

第 265 則（卷一，第 447 頁）裘萬頃《竹齋詩集》三卷、附錄一
　　卷

第 266 則（卷一，第 447 頁）謝薖《謝幼槃文集》十三卷

第 268 則（卷一，第 449 頁）《參寥子詩集》十二卷法穎所編

第 271 則（卷一，第 454 頁）《嚴滄浪先生吟卷》三卷，陳士元
　　（暘谷）編

第 272 則（卷一，第 455 頁）《圍爐詩話》

第 274 則（卷一，第 457 頁）方鳳《存雅堂遺稿》五卷，續金華

叢書本

第 275 則（卷一，第 457 頁）于石《紫岩詩選》三卷

第 276 則（卷一，第 458 頁）呂浦《竹溪稿》二卷

第 280 則（卷一，第 466 頁）謝逸《溪堂集》十卷、補遺一卷

第 281 則（卷一，第 468 頁）李彭《日涉園集》十卷

第 282 則（卷一，第 470 頁）曾協《雲莊集》五卷

第 284 則（卷一，第 473 頁）薛季宣《浪語集》三十五卷

第 285 則（卷一，第 476 頁）楊蟠《章安集》一卷，台州叢書後
集本

第 286 則（卷一，第 476 頁）左緯《委羽居士集》一卷，王棻輯

第 289 則（卷一，第 486 頁）曹勳《松隱集》四十卷

第 290 則（卷一，第 487 頁）陳棣《蒙隱集》二卷

第 292 則（卷一，第 491 頁）李廌《濟南集》八卷

第 293 則（卷一，第 495 頁）鄭清之《安晚堂詩集》七卷、補編
二卷，李氏宜秋館刊本，補編即江湖後集之卷五卷六

第 294 則（卷一，第 499 頁）祖無擇《龍學文集》十六卷

第 296 則（卷一，第 503 頁）趙孟堅《彝齋文編》四卷

第 297 則（卷一，第 504 頁）王阮《義豐集》一卷

第 299 則（卷一，第 505 頁）洪邁《野處類稿》二卷、附集外詩
一卷

第 300 則（卷一，第 506 頁）趙善括《應齋雜著》

第 301 則（卷一，第 506 頁）章甫《自鳴集》六卷

第 302 則（卷一，第 508 頁）陳傑《自堂存稿》四卷

第 307 則（卷一，第 520 頁）游九言《默齋遺稿》二卷、增輯一
卷

第 308 則（卷一，第 520 頁）黃彥平《三餘集》四卷

第 309 則（卷一，第 520 頁）楊傑《無為集》十五卷

第 310 則（卷一，第 520 頁）陳與義《簡齋外集》一卷

第 311 則（卷一，第 520 頁）趙公豫《燕堂詩稿》一卷

第 312 則（卷一，第 520 頁）汪晫《康範詩集》一卷

第 313 則（卷一，第 521 頁）汪夢斗《北遊詩集》一卷

第 314 則（卷一，第 521 頁）黄公度《莆陽知稼翁集》十一卷、
詞一卷

第 317 則（卷一，第 527 頁）程公許《滄州塵缶編》十四卷

第 318 則（卷一，第 529 頁）蘇舜欽《蘇學士文集》十六卷

第 321 則（卷一，第 534 頁）洪諮夔《平齋文集》二十二卷

第 322 則（卷一，第 537 頁）《寇忠愍公詩集》三卷

第 323 則（卷一，第 538 頁）陳舜俞《都官集》十四卷

第 324 則（卷一，第 538 頁）金君卿《金氏文集》二卷

第 325 則（卷一，第 539 頁）陶弼《陶邕州小集》一卷

第 326 則（卷一，第 540 頁）吳可《藏海居士集》、鄧深《大隱
居士集》二卷

第 327 則（卷一，第 540 頁）吳錫疇《蘭皋集》二卷

第 328 則（卷一，第 543 頁）家鉉翁《則堂集》六卷

第 329 則（卷一，第 544 頁）洪适《盤洲文集》八十卷

第 331 則（卷一，第 545 頁）陳元晉《漁墅類稿》八卷

第 332 則（卷一，第 545 頁）林亦之《網山集》八卷

第 333 則（卷一，第 546 頁）陳洪綬《寶綸堂集》十卷、拾遺一
卷

第 334 則（卷一，第 548 頁）戴埴《戴仲（培）先生詩文》一卷

第 337 則（卷一，第 551 頁）柴望《秋堂集》三卷

第 338 則（卷一，第 551 頁）釋道璨《柳塘外集》二卷

第 339 則（卷一，第 552 頁）李處權《崧庵集》六卷

第 340 則（卷一，第 552 頁）徐經孫《徐文惠公存稿》五卷、附
錄一卷

第 341 則（卷一，第 552 頁）潘音《待清軒遺稿》一卷

第 342 則（卷一，第 552 頁）呂大亨《雁山吟》一卷、呂定《說劍吟》

第 343 則（卷一，第 552 頁）何景福《鐵牛翁遺稿》一卷

第 344 則（卷一，第 552 頁）楊甲《棣華館小集》一卷

第 345 則（卷一，第 553 頁）宋伯仁《西塍稿》一卷，遺稿一卷

第 346 則（卷一，第 554 頁）吳龍翰《古梅吟稿》六卷

第 347 則（卷一，第 555 頁）袁說友《東塘集》二十卷

第 350 則（卷一，第 564 頁）綦崇禮《北海集》四十六卷

第 351 則（卷一，第 564 頁）林逋《林和靖先生詩集》四卷、《省心錄》一卷

第 352 則（卷一，第 566 頁）陳淵《默堂先生文集》二十二卷

第 356 則（卷一，第 570 頁）林光朝《艾軒集》九卷、附錄一卷

第 359 則（卷一，第 573 頁）樓鑰《攻媿集》一百十二卷

第 360 則（卷一，第 578 頁）陳造《江湖長翁文集》四十卷

第 361 則（卷一，第 580 頁）佚名《詩家鼎臠》二卷

第 363 則（卷一，第 583 頁）趙汝騰《庸齋集》六卷

第 364 則（卷一，第 583 頁）呂南公《灌園集》二十卷

第 365 則（卷一，第 586 頁）釋重顯《雪竇四集》五卷

第 366 則（卷一，第 586 頁）王邁《臞軒集》十六卷

第 371 則（卷一，第 594 頁）沈氏三先生文集三十九卷，沈遘《西溪集》、沈括《長興集》存十九卷、沈遼《雲巢編》十卷

第 372 則（卷一，第 595 頁）毛滂《東堂集》十卷

第 374 則（卷一，第 598 頁）朱長文《樂圃餘稿》十卷

第 375 則（卷一，第 598 頁）倪樸《倪石陵書》一卷

第 377 則（卷一，第 599 頁）《聖宋九僧詩》一卷及汲古閣輯《補遺》

第 378 則（卷一，第 599 頁）詹初《寒松閣集》三卷

第 379 則（卷一，第 599 頁）葛紹體《東山詩選》二卷

第 380 則（卷一，第 599 頁）阮閱《郴州百詠》

第 381 則（卷一，第 599 頁）許尚《華亭百詠》

第 382 則（卷一，第 599 頁）陳岩《九華詩集》

第 383 則（卷一，第 600 頁）楊至質《勿齋集》二卷

第 384 則（卷一，第 600 頁）利登《骩稿》一卷

第 385 則（卷一，第 601 頁）包恢《弊帚稿略》八卷

第 386 則（卷一，第 602 頁）晏殊《元獻遺文》一卷

第 390 則（卷一，第 607 頁）李新《跨鼇集》三十卷

第 392 則（卷一，第 613 頁）馮山《馮安岳集》十二卷

第 393 則（卷一，第 613 頁）陳深《寧極齋稿》一卷、陳植《慎
獨叟遺稿》一卷

第 394 則（卷一，第 613 頁）吳則禮《北湖集》五卷

第 395 則（卷一，第 614 頁）賀鑄《慶湖遺老集》九卷、補遺一
卷、拾遺一卷

第 396 則（卷一，第 617 頁）張綱《華陽集》四十卷

第 397 則（卷一，第 618 頁）曹彥約《昌穀集》二十二卷

第 398 則（卷一，第 618 頁）李彌遜《筠溪集》二十四卷、樂府
一卷

第 573 則（卷一，第 623 頁）虞儔《尊白堂集》六卷

第 575 則（卷一，第 624 頁）晁說之《嵩山文集》二十卷

第 577 則（卷一，第 634 頁）廖剛《高峰文集》十二卷

第 578 則（卷一，第 634 頁）宗澤《宗忠簡公文集》七卷

第 579 則（卷一，第 634 頁）鄭剛中《北山文集》三十卷、附錄
一卷

第 580 則（卷一，第 636 頁）彭龜年《止堂集》十八集

第 582 則（卷一，第 642 頁）晁沖之《具茨先生詩集》十五卷

第 583 則（卷一，第 645 頁）李復《潏水集》十六卷

第 584 則（卷一，第 646 頁）戴復古《石屏詩集》十卷

第 585 則（卷一，第 650 頁）宋庠《元憲集》三十六卷

第 586 則（卷一，第 654 頁）潘閬《逍遙集》一卷

第 587 則（卷一，第 655 頁）連文鳳《有正集》三卷

第 591 則（卷一，第 660 頁）許景衡《橫塘集》四十卷

第 592 則（卷一，第 660 頁）宋祁《景文集》六十二卷、拾遺二
十二卷。

第 593 則（卷一，第 664 頁）劉敞《公是集》五十四卷、拾遺一
卷

第 594 則（卷一，第 668 頁）劉攽《彭城集》四十卷

第 595 則（卷一，第 671 頁）張九成《橫浦先生文集》

第 596 則（卷一，第 673 頁）王禹偁《小畜集》三十卷、外集十
二卷、拾遺一卷

第 598 則（卷一，第 683 頁）張耒《柯山集》五十卷，拾遺十二
卷

第 603 則（卷一，第 699 頁）梅堯臣《宛陵先生集》六十卷，此
爲四部叢刊影印明萬曆本

第 604 則（卷一，第 701 頁）李雁湖《注王荊文公詩》五十卷

第 453 則（卷一，第 705 頁）《南宋群賢小集》、《江湖後集》

第 454 則（卷一，第 713 頁）沈與求《龜溪集》十二卷

第 455 則（卷一，第 713 頁）蘇頌《蘇魏公集》七十二卷

第 456 則（卷一，第 715 頁）胡穉《箋注簡齋詩集》三十卷

第 457 則（卷一，第 721 頁）范祖禹《范太史集》五十五卷

第 458 則（卷一，第 722 頁）葛勝仲（魯卿）《丹陽集》二十四
卷

第 459 則（卷一，第 722 頁）尤袤《梁溪遺稿》二卷、補遺一卷

第 462 則（卷一，第 728 頁）胡宿《文恭集》四十卷

第 464 則（卷一，第 730 頁）衛宗武《秋聲集》六卷

第 467 則（卷一，第 735 頁）許及之《涉齋集》十八卷

第 468 則（卷一，第 736 頁）戴栩《浣川集》十卷、補遺一卷

第 469 則（卷一，第 736 頁）周行己《浮沚集》九卷、補遺一卷

第 471 則（卷一，第 737 頁）戴昺《東野農歌集》五卷

第 472 則（卷一，第 738 頁）方夔《富山遺稿》十卷

第 473 則（卷一，第 739 頁）黃裳《演山集》六十卷

第 474 則（卷一，第 739 頁）朱翌《灊山集》三卷，補遺附錄一
卷

第 475 則（卷一，第 741 頁）劉應時《頤安居士集》六卷

第 476 則（卷一，第 741 頁）強至《祠部集》三十五卷

第 477 則（卷一，第 742 頁）任淵《後山詩注》十二卷

第 478 則（卷一，第 751 頁）朱淑眞《斷腸詩集》十卷，後集七
卷，鄭元佐注武林往哲遺著本

第 479 則（卷一，第 752 頁）汪元量《湖山類稿》五卷、附錄一
卷：《水星小集》一卷、附錄三卷

第 480 則（卷一，第 754 頁）王珪《華陽集》四十卷

第 481 則（卷二，第 755 頁）陳亮《龍川集》三十卷

第 482 則（卷二，第 761 頁）葉適《水心集》二十九卷

第 483 則（卷二，第 767 頁）畢仲游《西臺集》二十卷

第 484 則（卷二，第 768 頁）汪應辰《文定集》二十四卷

第 486 則（卷二，第 773 頁）王質《雪山集》十六卷

第 490 則（卷二，第 791 頁）鄭震《菊山先生清雋集》一卷

第 491 則（卷二，第 791 頁）鄭思肖《所南詩集》、《文集》各一
卷

第 492 則（卷二，第 793 頁）李呂《澹軒集》八卷

第 494 則（卷二，第 795 頁）劉過《龍洲道人詩集》十卷

第 495 則（卷二，第 798 頁）蘇過《斜川集》六卷、附錄一卷

第 496 則（卷二，第 800 頁）林景熙《霽山先生集》五卷、拾遺
一卷，知不足齋叢書本

第 497 則（卷二，第 802 頁）楊冠卿（夢錫）《客亭類稿》十四
卷

第 498 則（卷二，第 802 頁）鄭樵《夾漈遺稿》三卷

第 499 則（卷二，第 804 頁）鄭獬《郧溪集》二十八卷，補遺、
續補一卷

第 500 則（卷二，第 808 頁）米芾《寶晉英光集》八卷、補遺一
卷

第 502 則（卷二，第 816 頁）史堯弼《蓮峰集》十卷

第 504 則（卷二，第 820 頁）王之望《漢濱集》十六卷

第 505 則（卷二，第 821 頁）張嵲《紫微集》三十六卷

第 507 則（卷二，第 827 頁）郭印《雲溪集》十二卷

第 509 則（卷二，第 832 頁）董嗣杲《廬山集》五卷、《英溪集》
一卷

第 510 則（卷二，第 833 頁）張擴《東窗集》十六卷

第 511 則（卷二，第 833 頁）華岳《翠微南征錄》十一卷

第 512 則（卷二，第 839 頁）夏竦《文莊集》三十六卷

第 513 則（卷二，第 841 頁）舒嶽祥《閬風集》十二卷

第 514 則（卷二，第 843 頁）楊時《龜山先生集》四十三卷，康
熙丁亥楊繩祖重刊本

第 515 則（卷二，第 848 頁）洪皓《鄱陽集》五卷

第 516 則（卷二，第 849 頁）蘇籀《雙溪集》十五卷，遺言一卷

第 518 則（卷二，第 855 頁）趙湘《南陽集》六卷

第 519 則（卷二，第 856 頁）張維《曾樂軒稿》一卷，子野之父
也，詩僅九首

第 520 則（卷二，第 856 頁）張先《安陸集》一卷

第 521 則（卷二，第 857 頁）謝枋得《疊山集》十六卷，明黃溥
編

第 522 則（卷二，第 859 頁）羅願《鄂州小集》六卷，附羅頌《郢

州遺文》一卷

第 525 則（卷二，第 871 頁）（釋）文珦《潛山集》十二卷

第 526 則（卷二，第 873 頁）朱松《韋齋集》十二卷

第 527 則（卷二，第 876 頁）朱槔《玉瀾集》一卷

第 528 則（卷二，第 876 頁）吳泳《鶴林集》四十卷

第 529 則（卷二，第 879 頁）胡寅《斐然集》三十卷

第 530 則（卷二，第 881 頁）蕭立之《蕭冰崖詩集》、拾遺三卷

第 532 則（卷二，第 896 頁）王安禮《王魏公集》八卷

第 533 則（卷二，第 896 頁）曾肇《曲阜集》四卷

第 534 則（卷二，第 897 頁）劉弇《龍雲集》三十二卷

第 535 則（卷二，第 900 頁）呂頤浩《忠穆集》八卷

第 536 則（卷二，第 903 頁）劉宰《漫堂文集》三十六卷

第 538 則（卷二，第 909 頁）李光《莊簡集》十八卷

第 539 則（卷二，第 910 頁）徐僑《毅齋詩集別錄》一卷

第 540 則（卷二，第 910 頁）員興宗《九華集》二十五卷

第 541 則（卷二，第 912 頁）劉敞《蒙川遺稿》四卷

第 542 則（卷二，第 913 頁）華鎮《雲溪居士集》三十卷

第 557 則（卷二，第 919 頁）鄒浩《道鄉集》四十卷，補遺一
　　卷，附錄一卷

第 558 則（卷二，第 921 頁）胡次炎《梅岩文集》十卷

第 560 則（卷二，第 924 頁）胡銓《澹菴文集》三十七卷，道光
　　癸巳刻本

第 561 則（卷二，第 926 頁）徐鹿卿《清正存稿》六卷

第 562 則（卷二，第 927 頁）姚勉《雪坡舍人集》五十卷

第 565 則（卷二，第 934 頁）劉辰翁《須溪集》十卷

第 566 則（卷二，第 936 頁）馬廷鸞《碧梧玩芳集》二十四卷

第 567 則（卷二，第 936 頁）趙鼎《忠正德文集》十卷

第 568 則（卷二，第 937 頁）同岑《五家詩鈔》

第 570 則（卷二，第 940 頁）馮時行《縉雲文集》四卷

第 572 則（卷二，第 947 頁）范浚《香溪先生文集》二十二卷

第 402 則（卷二，第 949 頁）牟巘《陵陽先生集》二十四卷

第 403 則（卷二，第 950 頁）劉才邵《檆溪居士集》十二卷

第 404 則（卷二，第 950 頁）李曾伯《可齋雜稿》三十四卷、續
稿前八卷、續稿後十二卷

第 406 則（卷二，第 952 頁）楊億《武夷新集》二十卷，佚詩文
一卷

第 407 則（卷二，第 952 頁）楊億編《西崑酬唱集》二卷

第 409 則（卷二，第 955 頁）廖行之《省齋集》十卷

第 410 則（卷二，第 955 頁）張侃《張氏拙齋集》六卷

第 412 則（卷二，第 956 頁）張安國《于湖居士文集》四十卷

第 413 則（卷二，第 957 頁）蔡襄《蔡忠惠公集》三十六卷

第 414 則（卷二，第 958 頁）陳傅良《止齋先生文集》五十二
卷，附錄一卷

第 415 則（卷二，第 961 頁）姜夔《白石道人全集》

第 419 則（卷二，第 969 頁）許應龍《東澗集》十四卷

第 420 則（卷二，第 970 頁）蒲壽宬《心泉學詩稿》六卷

第 423 則（卷二，第 973 頁）晁補之《雞肋集》七十卷

第 424 則（卷二，第 974 頁）釋德洪覺範《石門文字禪》三十卷

第 426 則（卷二，第 979 頁）王之道《相山集》三十卷

第 427 則（卷二，第 979 頁）韓駒《陵陽先生詩》四卷

第 429 則（卷二，第 983 頁）范仲淹《范文正公集》二十卷，別
集四卷，奏議二卷，尺牘三卷，年譜一卷，年譜補遺一卷、
遺事錄四卷

第 430 則（卷二，第 984 頁）邵雍《伊川擊壤集》二十卷

第 431 則（卷二，第 986 頁）衛涇《後樂集》、許翰《襄陵文集》、
黃公紹《在軒集》

第 432 則（卷二，第 986 頁）王十朋《梅溪集先生文集》

第 433 則（卷二，第 988 頁）仇遠《金淵集》六卷，仁近《山村遺集》已見第二百五十四則，此乃四庫館臣輯自永樂大典者

第 434 則（卷二，第 990 頁）曾幾《茶山集》八卷

第 435 則（卷二，第 992 頁）王炎午《吾汶稿》十卷

第 436 則（卷二，第 993 頁）徐鉉《徐公文集》三十卷，附行狀、墓誌等一卷。

第 437 則（卷二，第 995 頁）王庭珪《瀘溪集》十六卷

第 438 則（卷二，第 996 頁）《南宋群賢小集》（第一冊至第八冊）

第 439 則（卷二，第 1002 頁）羅從彦《羅豫章先生集》十四卷

第 440 則（卷二，第 1003 頁）呂本中《東萊先生詩集》二十卷

第 443 則（卷二，第 1005 頁）范成大《石湖居士詩集》三十四卷

第 445 則（卷二，第 1022 頁）魏了翁《鶴山先生大全集》一百十卷

第 446 則（卷二，第 1023 頁）《南宋群賢小集》（第九冊至第十四冊）

第 449 則（卷二，第 1031 頁）周必大《周益國文忠公集》二百卷

第 451 則（卷二，第 1044 頁）張舜民《畫墁集》八卷

第 452 則（卷二，第 1045 頁）《南宋群賢小集》（第十五冊至二十冊）

第 604 則（續）（卷二，第 1050 頁）卷三十七《寄陳給事》

按：第六百四則爲李雁湖注王荊文公詩五十卷，在《容安館札記》卷一，第 701 頁

第 605 則（卷二，第 1052 頁）曾鞏《元豐類稿》五十卷

第 607 則（卷二，第 1063 頁）今本《能改齋漫錄》中文多與他

書所引《復齋漫錄》字句全同

第 608 則（卷二，第 1065 頁）劉摯《忠肅集》二十卷

第 609 則（卷二，第 1066 頁）范寅《越諺》三卷

第 610 則（卷二，第 1068 頁）程俱《北山小集》四十卷

第 611 則（卷二，第 1072 頁）徐師川詩「一百五日寒食雨，二十四番花信風」

第 612 則（卷二，第 1089 頁）項安世《平菴悔稿》十四卷，《丙辰悔稿》一卷，《悔稿後便》六卷

第 614 則（卷二，第 1098 頁）張方平《樂全先生集》四十卷

第 615 則（卷二，第 1099 頁）文天祥《文山先生全集》二十卷

第 616 則（卷二，第 1102 頁）《劍南詩稿》八十五卷，《逸稿》一卷

第 619 則（卷二，第 1119 頁）陸佃《陶山集》十六卷

第 621 則（卷二，第 1128 頁）《後村千家詩》二十二卷

第 625 則（卷二，第 1150 頁）陳長方《唯室集》四卷

第 628 則（卷二，第 1170 頁）俞德鄰《佩韋齋文集》二十卷，故宮博物院影印元刻本

從這一份長長的書單看，錢鍾書對宋詩的整體把握是建立在大量的閱讀上，他的「選源」絕非限於《宋詩鈔》、《宋詩鈔補》、《宋詩紀事》、《宋百家詩存》等幾部宋詩總集。關於這份目錄，還有幾點要說明。

第一：入選《宋詩選注》且有文集的詩人，絕大部分都出現在這份書單中。但有例外，一類是成就較高的詩人，如歐陽修、黃庭堅、蘇軾、楊萬里等，未見於《札記》。筆者揣測可能是錢鍾書對這幾家的集子比較熟悉，沒有作札記的必要了，如黃庭堅是錢鍾書早年注釋過的，楊萬里是錢鍾書比較欣賞的南宋詩人。一類是存詩較少的詩人，如柳開、鄭文寶、柳永、晁端友、江端友、董穎、吳濤等人，沒有詩文集存世，無法作讀書札記，所以沒有存錄。

第二：最終入選《宋詩選注》的詩人有 81 位〔註12〕。在這份目錄中更大比例的詩未入選《宋詩選注》且有文集的詩人。從中我們也可以探討他們落選的原因，如北宋的西崑派無一入選究竟是什麼原因，我們可以參看第四百六則（卷二，第952頁）「楊億《武夷新集》二十卷」、第四百七則（卷二，第952頁）「楊億編《西崑酬唱集》二卷」。如蘇門四學士「黃、張、秦、晁」前三位都入選了《宋詩選注》，唯獨晁補之落選了，我們可以參看第四百二十三則（卷二，第973頁）晁補之《雞肋集》七十卷；我們注意到《宋詩選注》沒有選朱熹的詩歌，朱熹也沒有出現在這份目錄中，但是我們在其他地方發現錢鍾書對他詩歌的直接評價第五百二十六則（卷二，第873頁）「朱松《韋齋集》十二卷」。還有如朱淑眞這位影響較大的女詩人，錢鍾書爲何沒有選，可參看第四百七十八則（卷一，第751頁）朱淑眞《斷腸詩集》十卷，等等。

第三：錢鍾書自稱《宋詩選注》「這部選本不很好」，原因是「由於種種原因，我以爲可選的詩往往不能選進去，而我以爲不必選的詩倒選進去了。」通過《札記》所錄詩與入選《宋詩選注》的詩歌的對比，可以找到一些痕跡。這一部分的工作見本章第三節。

第四：閱讀作品的重要性。這是錢鍾書一直提倡的一項原則，他曾不止一次對不讀原著而進行文學批評的危害提出警示，如「該勤讀詩話，廣究文論，而於詩文乏眞實解會，則評鑒終不免有以言白黑，無以知白黑爾。」（《談藝錄》，第481頁）「談藝不可憑開宗明義之空言，亦必察裁文匠筆之實事。」（《談藝錄》，第572頁）

當然，也出現了個別「選源」的問題，可能對最終的選目帶來了一些影響。如《宋詩選注》呂本中名下選錄了 4 題 6 首，其中《兵亂後雜詩》共選錄三首。這三首的選源有些問題。

《兵亂後雜詩》共有 29 首，收於《東萊先生詩外集》卷三，但《東萊先生詩外集》比較少見，錢鍾書在 50 年代選注宋詩時閱讀的

〔註12〕現在通行的版本收 80 家，左緯被刪落。

呂本中的詩集是《四部叢刊續編》影印宋本，沒有見到《東萊先生詩外集》。〔註13〕

　　錢鍾書參照《瀛奎律髓》中收錄的五首，選錄了其中的三首。在《宋詩選注》1958 年的初版收的《兵亂後雜詩》題下有注：「見方回《瀛奎律髓》卷三十二，《東萊先生詩集》遺漏未收。」

　　而我們現在常見的修訂過的《宋詩選注》中這一條小注作了調整：「詩見慶元五年黃汝嘉刻本《東萊先生詩外集》卷三。《外集》流傳極少，通常只在《瀛奎律髓》卷三十二裡見到原作二十九首中的五首。」

　　也就是說錢鍾書僅參閱了《瀛奎律髓》所選的五首，最終選了其中的三首，如果閱讀了《外集》中收的二十九首，也許這個最終的選目會有小小的變化。當然，這僅僅是一枝節上的問題。整體而言，從選源看，錢鍾書的《宋詩選注》的「選」是建立在龐大的宋詩閱讀的基礎上的，這也是《宋詩選注》能經受時間檢驗的一個內在因素。

第三節　《宋詩選注》的選目研究

　　在《宋詩選注》以前，歷代有一定影響的宋詩選本屈指可數，無論是在數量或是質量上，都無法與唐詩選本抗衡，甚至與宋詞選本相比，也相形見絀。本章的寫作，參閱、比較的宋詩選本有：宋末金履祥的《濂洛風雅》、宋陳思編元陳世隆補《兩宋名賢小集》、明李蓘《宋藝圃集》、明代曹學佺《宋詩選》（即《石倉歷代詩選》的選宋詩部分）、汲古閣影抄《南宋六十家集》、清呂留良等《宋詩鈔》、清代嚴長明的《千首宋人絕句》、《御選宋金元明清四朝詩》的《御選宋

〔註13〕　《容安館札記》第 440 則：呂本中《東萊先生詩集》二十卷。
　　　　　此為《四部叢刊續編》影印宋本，張菊生跋大稱宋刻之可貴，而如
　　　　　《瀛奎律髓》卷十七《柳州開元寺夏雨》、《兵亂後雜詩》皆居仁集
　　　　　中最真摯歎唱之作，此本均不載，乃知書賈別具心眼也。

詩》、清代陳焯《宋元詩會》的選宋詩部分等、厲鶚《宋詩紀事》、曹庭棟《宋百家詩存》等。但是明清的這些宋詩選本，有一個很大的特點是「存詩」的意味重於「選詩」。

如《宋藝圃集》22 卷，收入 237 位詩人的 2000 多首詩。《宋詩鈔》初集 106 卷，是清代的第一部大型宋詩總集，鈔錄的作家不多，84 位，但作品數量達到了 12000 餘首，如陸游有 971 首、蘇軾有 461 首，顯然超出了一般選本的選量。

還有一些唐宋合選的選本，在歷史上產生過比較重大的影響，我們在做比較時，也有所參閱。這些唐宋詩合選本有《瀛奎律髓》、《近體詩抄》、《唐宋詩醇》、《唐宋詩舉要》、《後村千家詩》等。

基於以上原因，本文選取《宋詩別裁集》、《宋詩精華錄》爲主要參照對象。《宋詩別裁集》8 卷，原名《宋詩百一鈔》，張景星、姚培謙、王永琪同編，按體編排，共選 137 人 645 首詩作。陳衍的《宋詩精華錄》將宋詩按初宋、盛宋、中宋、晚宋化分爲四期，每期一卷，共選錄 129 位詩人，688 首詩作。這部詩選，在近代乃至現代都產生過深遠影響。

本文將入選《宋詩選注》的每一位詩人的詩作，在各選本的收錄情況作一粗略的統計，附錄於後。重點討論兩個問題：一是《宋詩選注》的作家選擇，一是作品選擇。當然這一研究是離不開與其他宋詩選本的比較的，其中最重要的兩個選本是《宋詩別裁集》與《宋詩精華錄》。

一、作家的選擇

編選者對作家的取捨以及選取數量的多寡、內容與體裁的分布，均代表了選者對宋詩的獨特理解。從入選的詩人來看，《宋詩選注》81 家〔註14〕，《宋詩別裁集》137 家、《宋詩精華錄》129 家，《宋詩選注》的入選詩人的數量遠低於其他兩家，但是這幾家的選擇的

〔註14〕後刪落左緯一家，共 80 家。

「有效性」來說，超過了其他兩家。打個下圍棋的比方，錢鍾書選擇的 80 個「子」所達到的對「局」（詩歌史）的有效控制，遠遠超過了《宋詩別裁集》的 137「子」、《宋詩精華錄》的 129「子」的控制效果。這也就是我們常常所提到的《宋詩選注》所蘊藏的宋詩史敘述的特性。《宋詩選注》、《宋詩別裁集》共同選錄的詩人有 45 家：

　　王禹偁、寇準、林逋、晏殊、梅堯臣、蘇舜欽、歐陽修、文同、曾鞏、王安石、劉攽、王令、蘇軾、秦觀、張耒、孔平仲、賀鑄、唐庚、黃庭堅、陳師道、韓駒、呂本中、汪藻、王庭珪、曾幾、李彌遜、陳與義、曹勳、周紫芝、劉子翬、楊萬里、陸游、范成大、尤袤、陳造、姜夔、徐璣、徐照、趙師秀、翁卷、華岳、高翥、方岳、樂雷發、文天祥。

　　《宋詩選注》與《宋詩精華錄》共選的詩人有 44 位：

　　鄭文寶、王禹偁、寇準、晏殊、梅堯臣、蘇舜欽、歐陽修、王安石、王令、蘇軾、黃庭堅、陳師道、秦觀、張耒、文同、賀鑄、孔平仲、李覯、韓駒、陳與義、曾幾、王庭珪、江端友、唐庚、劉子翬、范成大、尤袤、蕭德藻、楊萬里、陸游、戴復古、姜夔、葉紹翁、嚴羽、徐璣、徐照、趙師秀、翁卷、劉克莊、方岳、羅與之、樂雷發、文天祥、汪元量。

　　從上述的比較中，不難看出錢鍾書在作家選擇上的獨特性。在一切詩歌的選本中，總是離不開「大家」與「小家」的平衡問題。這也是衡量詩歌選本質量的一個重要參照。例如《唐詩三百首》不選李賀詩，《宋詩三百首》不選劉克莊詩都是值得研究的問題。關於這一點《宋詩選注》的序言提出了「在一切詩選裏，老是小家佔便宜」的觀點。但我們看到，現代公認的宋代詩人中成就較高的那些詩人，都出現在三人的選目中，這也是歷史選擇的結果。關於《宋詩選注》所選「大家」的特色，主要在於作品的選擇上，這將在第二部分討論。在選作家方面，《宋詩選注》最大的成就在於挖掘了許多有特點的「小家」，這是本節要重點討論的。這些小家也要分類說明。

第一類

夏承燾在《如何評價〈宋詩選注〉》(《光明日報》1959 年 8 月 2 日) 一文中談到：「《選注》中所採的如左緯、董穎、吳濤諸家，都豐富了宋詩，開了讀者的眼界」。筆者以爲，如董穎、吳濤等小家，只能算是「以詩存人」的小家 (鄭文寶 (《柳枝詞》)、晁端友《宿濟州西門外旅館》、陶弼《碧湘門》、徐俯《春遊湖》等)，而宗澤 (《早發》)、柳永 (《煮海歌》)、李綱 (《病牛》) 等詩人的入選更有沾了「時政」之光的意味在其間。

在《宋詩選注》的「小家」中，值得我們注意的有以下幾位：鄭獬、李彌遜、唐庚、朱弁、呂本中、陳造、章甫、劉宰、洪諮夔、趙汝鐩、高翥、周密、蕭立之等，在清代的宋詩選本中是較少受關注的，我們看一下其中的四位：

鄭獬

鄭獬的詩，《瀛奎律髓》選錄 7 首，《兩宋名賢小集》選錄 25 首詩、《宋藝圃集》17 首；但是清代的選本如《宋詩鈔》、《宋詩精華錄》、《宋詩別裁集》等都未錄鄭獬詩。《宋詩選注》選了《採鳧茈》、《道旁稚子》、《滯客》、《春盡》四首；《容安館札記》第 499 則 (卷二，第 804 頁)「鄭獬《郧溪集》二十八卷、《補遺》、《續補》一卷，湖北先正遺書本」錄詩：《雜興》、《戍邕州》、《記夢》、《採鳧茈》、《滯客》、《舟泊》、《夜懷》、《雨餘》、《春盡》、《自天竺遇雨卻回靈隱》〔註15〕、《嘲范蠡》。對於鄭獬詩風的特點，錢鍾書認爲是「詩雖受了些韓愈的影響，但風格爽辣明白，不做作，不妝飾。」(《宋詩選注·鄭獬小傳》)

唐庚

《宋詩選注》選 5 題 6 首：《訊囚》、《春日郊外》、《棲禪暮歸書所見》二首、《春歸》、《醉眠》，遠遠超過《宋詩別裁集》的 1 首 (《除

〔註15〕筆者按：這首詩的題目應該是《舟行次南都遇雨》。

夕）、《宋詩精華錄》的 3 首（《張求》、《白鷺》、《醉眠》），同時，錢鍾書對他的評語「他在當時可能是最簡練、最緊湊的詩人」（《宋詩選注·唐庚小傳》）的評語就足以引起我們的重視。

呂本中

隨南宋詩歌研究的深入，大家都注意到了呂本中詩歌創作與詩歌理論對南宋詩壇的意義。但在以往的選本中，呂本中幾乎沒有什麼地位。如《宋詩鈔》沒有選錄呂本中的詩，《宋詩別裁集》僅收呂本中 2 首五律（《雨後至城外》、《九日晨起》），《宋詩精華錄》也沒有選呂本中的詩，而《宋詩選注》選呂本中的詩達 4 題 6 首：《春日即事》、《兵亂後雜詩》三首、《柳州開元寺夏雨》、《連州陽山歸路》。

《容安館札記》中幾處提及呂本中，都流露出對呂詩的欣賞，《札記》第 20 則（卷一，第 20 頁）（《宋百家詩存》卷六謝薖幼盤《竹友集》）講道：「幼盤詩硬，直爲奇崛，不如無逸之有雅韻也。江西詩派三縱宗而外，惟呂東萊最雅秀，曾茶山亦尚成家，然口多傖氣，他如三洪、二謝、韓子蒼，專集余皆寓目，才思窘儉，可採者少。」

又如第 440 則（卷二，第 1003 頁）（呂本中《東萊先生詩集》二十卷）：《瀛奎律髓》卷一陳簡齋《與大光同登封州小閣》詩方批云：「嗣黃、陳而恢張悲壯者，陳簡齋也；流動圓活者，呂居仁也；清勁潔雅者，曾茶山也。七言律他人皆不敢望」云云。居仁詩固不足望簡齋，與茶山皆學山谷，而變雄厚爲輕清者。然茶山峭悍，居仁溫婉，稍參後山，才思奇恣，足當放曾出一頭也。……如《瀛奎律髓》卷十七《柳州開元寺夏雨》（『風雨瀟瀟似晚秋，鴉歸門掩伴僧幽。雲深不見千岩秀，水漲初聞萬壑流。鐘喚夢回空悵望，人傳書至竟沉浮，面如田字非吾相，莫羨班超封列侯』）、《兵亂後雜詩》皆居仁集中最眞摯唱歎之作。」

周密

周密更多的是以詞人形象被大眾接受，不僅《宋詩別裁集》、《宋

詩精華錄》沒有收錄，如《宋詩鈔》、《宋百家詩存》也沒有收錄。宋詩選注選錄 4 首（《夜歸》、《野步》、《西塍秋日記事》、《西塍廢圃》）。《容安館札記》第 258 則（卷一，第 434 頁）（周密《草窗韻語》）這樣評論周密：「公謹筆記諸書，嫻雅博綜，兩宋作者，未之或先。以工詞名，詩篇則流傳不廣，今得見之，始知唱歎纏綿而典切精緻，七言近體尤爲擅場，於當時江西派及江湖派習氣兩無染著，眞卓然特立之士也。」可見對周密詩的推崇，《札記》中錄詩甚多。

第二類：劉攽、孔平仲、嚴羽等

這一類詩人的一個特點是，在歷代選本中的，總是與其他詩人相聯繫在一起，如：

劉攽與劉敞

《宋詩別裁集》選劉攽詩僅 2 首（《和王正仲熙寧郊祀二十韻》、《新晴》），而選劉敞的詩達 11 首（《雨後回文》、《睡起》、《秋晴西樓》、《觀魚臺》、《梅花》、《春陰》、《月夜》、《蟬》、《臨雨亭》、《獨行》、《檀州》）。《宋詩精華錄》未選劉攽詩，但劉敞卻有兩首詩入選（《短槐》、《微雨登城》）。兩家都認爲哥哥勝過弟弟。

錢鍾書認爲「劉敞的詩有點呆板，劉攽比他好」（《宋詩選注·劉攽小傳》），所以《宋詩選注》選了劉攽 4 首（《江南田家》、《城南行》、《雨後池上》、《新晴》），卻沒有選劉敞的詩。關於這一點，參看《容安館札記》就更清楚了。《札記》第 593 則（卷一，第 664 頁）（劉敞《公是集》）：「詩多木直，文苦平板。雖有議論、有學問，終非作手。《朱子語類》卷一百三十九謂其文『高古勝東坡』，乃見未能高飛者藉以羽毛耳。」《札記》第 594 則（卷一，第 668 頁）（劉攽《彭城集》）：「貢父才氣勝阿兄，詩文較爲駿邁琢潤。」

孔平仲與孔武仲

《宋詩別裁集》選孔平仲詩 5 首，同時又選錄孔武仲 2 首（《瓜步阻風》、《清涼寺》）；《宋詩精華錄》選孔平仲詩 6 首，同時又選錄

孔武仲 3 首（《久長驛書事》、《捨轎馬而步》、《瓜步阻風》）。但《宋詩選注》只選了 2 首孔平仲的詩（**《霽夜》、《禾熟》**），沒有選孔武仲的詩。

第三類

落選的詩人，如郭祥正、蘇轍、晁補之、敖陶孫、朱熹、劉過等。

朱熹《宋詩精華錄》選了朱熹 11 首〔註16〕；《宋詩別裁集》選錄了 19 首〔註17〕，《瀛奎律髓》也選了朱熹 17 首律詩。《宋詩選注》沒有選錄朱熹的詩，有學者這樣解釋：「朱熹，先生稱之為『道學家中的詩人』，他的好些詩並非『語錄講義之押韻者』，此書也一字不登。如此因人廢言，當是受到『當時學術界的大氣壓力』之故。」〔註18〕

其實錢鍾書對於朱熹詩歌的價值判斷，早見於**《談藝錄》**第 23 則「朱子書與詩」（88 頁）：

朱子在理學家中，自為能詩〔註19〕，然才筆遠在其父

〔註16〕 《觀書有感二首》、《鵝湖寺和陸子壽》、《崇壽客舍夜聞子規，得三絕句》、《淳熙甲辰仲春精舍閒居，戲作〈武夷櫂歌〉十首呈諸同遊，相與一笑》錄五首。

〔註17〕 《奉陪彥集充父同遊瑞岩謹次莆田使君留題之韻》、《伏讀二劉公瑞岩留題感事興懷至於隕涕追次元韻偶成二篇》錄一、《春穀》、《秀野劉丈寄示南昌諸詩和此兩篇》錄一、《題鄭德輝悠然堂》、《九日登天湖以菊花須插滿頭歸分韻賦詩得歸字》、《前村梅》、《叔通老友探梅得句垂示且有領客攜壺之約》、《西寮》、《水口行舟》（二首）、《對雨》、《六月十五日詣水公庵雨作》、《秋日苦病齋居奉懷黃子厚劉平父及山間諸兄友》、《石馬斜川之集分韻賦詩得燈字》、《臥龍庵武侯祠》、《陶公醉石歸去來館》、《康王穀水簾》、《登定王臺》、《奉陪判院丈充父平父兄宿回饗用知郡丈壁間舊題之韻》。

〔註18〕 劉永翔《讀〈宋詩選注〉》，《錢鍾書研究輯刊》第二輯，上海三聯書店，2000 年版，第 127 頁。

〔註19〕 《宋詩選注・劉子翬小傳》裏也說：假如一位道學家的詩集裏，「講義語錄」的比例還不大，肯容許些「閒言語」，他就算得道學家中間的大詩人，例如朱熹。

　　韋齋之下：較之同輩，亦尚遜陳止齋之蒼健、葉水心之遒
　　雅。晚作尤粗率，早作雖修潔，而模擬之跡太著，如趙開
　　閒所謂「字樣子詩」而已。

　　首先，「朱子在理學家中，自爲能詩」、「道學家中間的大詩人」，
肯定做爲詩人的朱熹在詩歌創作上有存在的價值。其二、與前輩相比
他比不上邵雍、劉子翬，較之同輩，「亦尚遜陳止齋（陳傅良）之蒼
健、葉水心（葉適）之遒雅」，就筆力而言「遠在其父韋齋（朱松）
之下」〔註20〕——雖然他的詩名遠遠超過了他的父親。其三，就朱熹
的整個詩歌創作來看，錢鍾書認爲朱詩早年的作品勝過晚年，有「修
潔」的特色，但是「模擬之跡太著，如趙開閒所謂『字樣子詩』而已」，
而晚年作品則比較的粗率。

　　《宋詩選注》沒有選葉適、陳傅良、朱松的詩，那詩歌成就在他
們之下的朱熹沒有詩歌入選，也是很自然的藝術判斷上的結果，而不
是出於政治大氣壓的原故。

郭祥正

　　《宋詩別裁集》選錄郭祥正 5 首：《西村》、《客兒亭》、《翠樾堂》、
《訪隱者》、《金山行》。

　　《宋詩精華錄》收郭祥正 4 首：《春日獨酌二首》、《懷友》、《徐
州黃樓歌寄蘇子瞻》，並附有陳衍的按語：「功父氣味才力，時近太
白。視前清仲則、船山，似乎過之。」

　　《宋詩選注》沒有選錄郭祥正的詩，其原因可參看《札記》中相
關論述：

　　　　《桐江集》卷三《讀太倉稊米集跋》引周竹坡言謂
　　「功父徒竊虛稱，在詩家最無法度（見陳天麟《稊米集序》
　　中記竹坡語）。」平心之論，不可復易。氣粗獷而語笨率，
　　絕少超詣。以此學太白，宜朱竹君《序》以「先生之志則

〔註20〕　《札記》第 526 則（卷二，第 873 頁）（朱松《韋齋集》）也提到「喬
　　年詩亦江西派而溫雅健雋，無枯硬堆塞之習，古體尤每近簡齋……
　　要之，就句律論，朱子未能紹乃翁衣缽也。」

大矣」相嘲。《許彥周詩話》載山谷戲功父曰:「公作詩費
許多氣力做甚?」今讀此集,乃悟山谷非謂功父之慘淡經
營,正笑其叫囂跳躍如中酒發狂,作盡「朝飲三百杯,暮
吟三百首」張致(二語見卷一《宣州雙溪閣夜宴》),自命
豪逸耳。〔註21〕

　　從這段對郭祥正的評語中,我們不難理解《宋詩選注》中為什麼
沒有選郭祥正的詩。

　　以上是對《宋詩選注》所選作家的一些分析,《宋詩選注》的序
言「在一切詩選裏,老是小家佔便宜」,就已經透出《宋詩選注》對
挖掘小作家的重視。其實,關於所謂大家與小家的關係,早在 1933
年《中國文學校史序論》(原載於 1933 年 10 月出版的《國風》半月
刊第三卷第八期,後收入浙江文藝出版社編選的《錢鍾書散文》,1997
年出版) 就已經有過這樣的論述:

　　　　小家別子,麼弦孤張,雖名字寂寥,而愜心悅目,盡
　　有高出聲華籍甚者之上;然名字既黯然而勿章,則所衣被
　　之不廣可知,作史者亦不得激於表微闡幽之一念,而輕重
　　顛倒。(第 477 頁)

　　這是論述文學史寫作時的問題,一是要善於發掘「小家」,二是
要擺正小家的位置。當然同樣對待小家,在選本與在文學史敘述中又
各有所不同:

　　　　文學史載記起承嬗之顯跡,以著位置之重輕;文學批
　　評闡揚其創闢之特長,以著藝術之優劣。一主事實而一重
　　鑒賞也。(第 476～477 頁)

　　對小家的發掘,對一些作家的揚棄,正是錢鍾書《宋詩選注》在
作家選擇上的創新之處,這種鑒賞上的創新、推陳出新,在《管錐編》
中又得到呼應:「談藝之特識先覺,策動初非一途。或於藝事之弘綱
要指,未免人云亦云,而能於歷世或並世所視為碌碌眾伍之作者中,
悟稀賞獨,拔某家而出之;一經標舉,物議僉同,別好創見浸成通尚

<hr>

〔註21〕第 255 則(卷一,第 426 頁)郭祥正《青山集》三十卷、續集五卷。

定論。」（第 1446 頁）

二、作品的選擇

　　關於《宋詩選注》的作品選擇，錢鍾書自己做過評論，認爲「這部選本不很好；由於種種原因，我以爲可選的詩往往不能選進去，而我以爲不必選的詩倒選進去了……一切這類選本都帶些遷就和妥協。」胡適也認爲《宋詩選注》的選目不太好，以爲有迎合風氣之嫌，這也主要是指《宋詩選注》的作品選擇。

　　在作品的選擇方面，由於《容安館札記》的出版，有一個問題可以得到部分的解決，那就是哪些詩是錢鍾書認爲「不必選的詩」。

　　前面已經提到《札記》中有關閱讀宋詩的部分是在爲《宋詩選注》的創作做準備，《札記》中摘錄了許多錢鍾書認爲可選的詩，而一些沒有摘錄，最終卻出現在《宋詩選注》的選目中的詩，就可能是要打上引號的詩。

　　例如，《宋詩選注》選了裘萬頃三首詩，第一首是《雨後》：

　　　　秋事雨已畢，秋容晴晴妍。新香浮穤稬，餘潤溢潺湲。
　　機杼蛩聲裏，犁鋤鷺影邊。吾生一何幸，田裏又豐年。

　　《容安館札記》第 265 則（卷一，第 447 頁）「裘萬頃《竹齋詩集》」抄錄了裘萬頃的六首詩：《晚步》、《賜谷偶成》、《不雨》、《老屋》、《入京道中曝背》、《早作》。其中《入京道中曝背》、《早作》是入選《宋詩選注》的另外兩首裘詩。而這首《雨後》未見《札記》摘錄。

　　又如李覯有三首詩入選《宋詩選注》，其中一首《獲稻》：

　　　　朝陽過山來，下田猶露濕。餉婦念兒啼，逢人不敢立。
　　青黃先後收，斷折傴僂拾。鳥鼠滿官倉，於今又租入。

　　我們參看《札記》第 250 則（卷一，第 401 頁）「李覯《旴江全集》」，發現錢鍾書只摘錄了這首詩的前四句。這與《宋詩選注》序言中提到的「有佳句而全篇不勻稱的不選」的原則是有所違背的。

　　《札記》與《宋詩選注》的選詩有出入的情況大致如上述兩類。

筆者把《札記》與《宋詩選注》對讀後，屬未見摘錄而入選《宋詩選注》的詩歸結如下：

蘇舜欽《城南感懷呈永叔》、賀鑄《野步》、《題諸葛骙田家壁》、陳師道《田家》、劉子翬《策杖》、《汴京紀事》組詩中的「帝城王氣雜妖氛」、「內苑珍林蔚絳霄」兩首、范成大《催租行》二首、《後催租行》、尤袤的《淮民謠》、陳造《田家謠》、裘萬頃《雨後》、徐照《促促詞》、翁卷《鄉村四月》、華嶽《驟雨》、《田家》、戴復古《織婦歎》、**趙汝鐩**《翁媼歎》、《隴首》、方岳《農謠》（第一首）、《三虎行》、**羅與之**《寄衣曲》（第一首）、許棐《樂府》、《泥孩兒》、葉紹翁《田家三詠》（第一首、第二首）、樂雷發《逃戶》、蕭立之《茶陵道中》。

《札記》中僅為摘句而最後全詩入選《宋詩選注》的有以下幾首：

李覯的《穫稻》、《苦雨初霽》、陳師道的《別三子》、王庭珪《移居東村作》、王質《山行即事》、戴復古《庚子薦饑》、《夜宿田家》、方岳《農謠》第二首、蕭立之《春寒歎》。

從這些詩歌的題目我們也不難發現，這類詩歌都屬有關農家生活現實或動盪的社會生活題材。這裡也有一些問題，並不是所有的有關農村，或者反映社會動盪的詩歌即多得打上引號，以下幾首，是應該指出的。

《宋詩選注》選了劉宰兩題三首詩：《開禧紀事》（二首）、《野犬行》，前兩首是反映宋寧宗趙擴開禧三年（1207）大旱歲饑的禽言體詩，後一首是反映宋寧宗嘉定二年（1209）年大旱歲饑的詩作。從內容上看，這幾首都有嫌疑，但《札記》告訴我們，若僅憑內容作判斷也有危險：

余讀《癸辛雜識‧別集》上記平國論陶淵明語（見第三百五十二則）始知其名。後復在《南宋群賢小集》第二十二冊覩所為李和父《梅花衲序》（第四百五十二則）……

平國，德行之士，然詩文暢沛，無頭巾氣，少精警耳。
論詩尊趙章泉，所作亦頗類，惟七言樂府淋漓沉摯，卓然
上追元白張王，如卷二《開禧紀事》、卷四《野犬行》、《猛
虎行》其尤佳者。《野犬行》云：「野有犬，林有烏……應
羨道旁饑凍死。」一結警切極矣，《宋詩鈔》乃謂其詩亦常
調，五言古稍優，非知音識曲者也。〔註22〕

又如《宋詩選注》選錄了王邁 3 首詩，其中一首五古《簡同年刁
時中俊卿詩》是一首政治性極強的諷刺詩，但看《容安館札記》第
366 則（卷一，第 586 則）「王邁《臞軒集》十六卷」：

（眉注）卷十二《簡同年刁時中俊卿詩》，按刁未第時
作《老農行》諷長官，及爲綏寧簿，則又不惜民力以媚上
司，故實之作詩譏之，詞意剴切，傑作也。實之關心民瘼，
如卷十三《啄木鳥詩》，卷十六《元宵觀燈》詩、《感歎時
事》詩，而以此篇爲尤，過長不錄。

又如《宋詩選注》選錄了利登的一首《野農謠》，《札記》第 384
則（卷一，第 600 頁）明確說「《野農謠》後有按語，以爲宋人集中
勸農詩多矣，惟履道此作及林肅翁《勸農詩》、諶祐《勸農日》三首
最眞摯，無飾詞。」顯然也是一首錢鍾書認爲可選的好詩，而非認爲
不必選而選進的詩。

此外，錢鍾書認爲可以選但最終沒有能入選的詩歌也能找到一
些痕跡，最明顯的有以下幾首：

《札記》第 229 則（卷一，第 358 頁）錄文同詩：《讀武紀》《重
過舊學山寺》、《大熱》、《早晴至報恩寺》、《織婦怨》、《晚至村家》、《江
上主人》、《和子平弔猿》、《閒居院上方晚景》、《書鶴鳴化壁》、《北齋
雨後》、《新晴晚月》、**《此君庵》**、《嘲中條》，在《北齋雨後》詩後按語：
「此首與卷五《江上主人》一首乃《丹淵集》中不可多得之作。」

《江上主人》與《北齋雨後》沒有入選《宋詩選注》。

〔註22〕　《容安館札記》第 536 則（卷二，第 903 頁）劉宰《漫堂文集》三
十六卷。

　　《札記》第 604 則（卷一，第 701 頁）李雁湖《注王荊公詩》五十卷，沈小宛《補注》四卷。

　　這則筆記主要談注，偶談選詩：「卷二十九《永濟道中寄諸弟》云：『燈火匆匆出館陶，會看永濟日初高。似聞空舍烏鳶樂，更覺荒陂人馬勞。客路光陰真棄置，春風邊塞只蕭騷。辛夷樹下烏塘尾，把手何時得汝曹。』按，此詩殊蒼遒，而諸選皆不及。」

　　《永濟道中寄諸弟》沒有出現在《宋詩選注》的王安石詩的選目中。

　　《札記》第 451 則（卷二，第 1044 頁）「張舜民《畫墁錄》八卷，知不足齋輯《補遺》一卷」抄錄了《西征回途中二絕》全詩，詩後有按語「唐音高唱，見存詩以此二首為最矣。」但張舜民的詩最終入選《宋詩選注》的詩《村居》、《打麥》兩詩，而不是《西征回途中二絕》。

　　以上是關於《宋詩選注》的作家選擇與作品選擇的一個簡單的、大致的介紹，具體的篇目的分析與比較，參看附錄，這裡就不再重複。

附錄：《宋詩選注》選目分析

1. 柳開

《宋詩選注》選《塞上》

《宋詩別裁集》未收

《宋詩精華錄》未收

《宋詩鈔》未收

《宋詩紀事》收《詠虞嬪詩》、《塞上曲》（即《塞上》）、《楚南樓》

《御選宋詩》收《捲煙閣》、《楚南樓》

《宋元詩會》收《捲煙閣》、《楚南樓》

2. 鄭文寶

《宋詩選注》選《柳枝詞》

《宋詩別裁集》收錄此詩，作者爲張耒

《宋詩精華錄》收錄此詩，作者爲鄭文寶

《宋藝圃集》張耒名下收錄此詩

《御選宋詩》張耒名下收錄此詩

筆者按：從接受史的角度看，這首詩已經構成一個名篇，入選《宋詩選注》很有見地，只是作品的歸屬尚有爭議，錢鍾書也認爲「也有人說是孫冕或張耒所作，不是鄭文寶的手筆。」

3. 王禹偁

《宋詩選注》錄 3 首《對雪》、《寒食》、《村行》

《宋詩別裁集》錄 11 首：《寒食》、《五更睡》、《寒食》、《日長簡仲咸》、《寄獻潤州趙舍人》、《送羅著作奉使湖湘》、《新秋即事》、《寄題義門胡氏華林書院》、《茶園十二韻》、《泛吳松江》、《春居雜興》

《宋詩精華錄》錄三首：《暴富送孫何入史館》、《寄碭山主簿朱九齡》、《村行》

《札記》第 596 則（卷一，第 673 頁）王禹偁《小畜集》

錄全詩者如下：《泛吳淞江》、《過鴻溝》、《寒食》、《山僧雨中送牡丹》、《五更睡》、《村行》、《自嘲》、《春郊寓目》、《日長簡仲咸》、《量移後自嘲》

筆者按：《對雪》詩在《札記》中僅錄末尾一段。從《札記》看，是錄詩數量較多的詩人，且與《宋詩別裁集》的編者共同欣賞的作品較多。

《宋詩鈔》第一卷即錄王禹偁《小畜集》，《札記》中對《宋詩鈔》王禹偁小傳多有批評，共指出其六點缺失，可參看。

《寒食》、《村行》已有經典化的趨勢。

4. 寇準

《宋詩選注》選 2 首：《書河上壁》、《夏日》

《宋詩別裁集》與《宋詩精華錄》皆選錄《春日登樓懷歸》一首

筆者按：《宋詩選注》沒有選《春日登樓懷舊》，其原因在寇準小傳中講得很清楚：「他的名作《春日登樓懷歸》裏傳誦的『野水無人渡，孤舟盡日橫』，也只是把韋應物《滁州西澗》的『野渡無人舟自橫』一句擴大爲一聯。他的七言絕句詩比較不依傍前人，最有味道。」

5. 林逋

《宋詩選注》選 1 首：《孤山寺端上人房寫望》

《宋詩別裁集》選 4 首：《西湖春日》、《山園小梅》、《梅花》、《書孤山隱居壁》

《宋詩精華錄》選 3 首：《梅花二首》、《自作壽堂，因書一絕以志之》

《札記》第 351 則（卷一，第 564 頁）林逋《林和靖先生詩集》四卷

總評：「君復唯工五言律，次則七言絕句，七言律有句無章，每見竭蹶，五言古四首，備體而已。」

錄全詩者：《小圓春日》、《西湖春日》、《池上春日》、《夏日池上》

6. 晏殊

《宋詩選注》選 1 首：《無題》「油壁香車不再逢」

《宋詩別裁集》收晏殊詩兩首，另外一首爲《示張寺丞王校勘》〔註23〕

《宋詩精華錄》收晏殊詩兩首，另外一首爲《示張寺丞王校勘》

筆者按：《瀛奎律髓》卷五、《宋藝圃集》卷二、《宋詩別裁集》卷五、《宋詩精華錄》卷一都選錄此詩，皆題作《寓意》。

此外，《瀛奎律髓》卷十收晏殊《春陰》、卷十七收《賦得秋雨》。《宋藝圃集》收晏殊詩兩首，另外一首爲《假中示判官張寺丞王校

〔註23〕 即「無可奈何花落去，似曾相識燕歸來」一詩，《札記》錄《浣溪沙》詞後按語提及此詩。

勘》。《今體詩鈔》及《唐宋詩舉要》均未收錄晏殊詩。

又按：《札記》第 386 則（卷一，第 602 頁）「晏殊《元獻遺文》一卷」鈔錄《無題》全詩，餘皆摘句。

7. 梅堯臣

《宋詩選注》選 7 首：《田家》（七絕）、《陶者》（五絕）、《田家語》（五古）《汝墳貧女》（五古）、《魯山山行》（五律）、《東溪》（七律）、《考試畢登銓樓》（七絕）

《宋詩別裁集》選 9 首：《觀何君寶畫》、《依韻和子聰見寄》、《夢後寄歐陽永叔》、《餘姚陳寺丞》、《夏日晚霽與崔子登周襄故城》、《金山寺》、《送樂職方知泗州》、《送少卿張學士知洪州》、《和韓欽聖學士襄陽聞喜亭》

《宋詩精華錄》選 24 首，其中《宋詩選注》重者有《東溪》。

筆者按：《瀛奎律髓》選梅堯臣詩 127 首，其中五律 94 首，七律 33 首，與《宋詩選注》重出的有《魯山山行》（卷五）、《東溪》（卷三十四）、《宋藝圃集》選梅堯臣詩 76 首，與《宋詩選注》重出的有《魯山山行》。《唐宋詩舉要》收梅詩 5 首：《魯山山行》、《送徐君章秘臣知梁山軍》、《春寒》、《秋日家居》、《送趙諫議知徐州》。

又按：《札記》第 603 則（卷一，第 699 頁）「梅堯臣《宛陵先生集》」對梅堯臣詩的一個總評：「宛陵詩得失已見《談藝錄》，竊謂安而不雅四字可以盡之。斂氣藏鋒，平鋪直寫，思深語淡，意切詞和，此其獨到處也……力避甜熟乃遁入臭腐村鄙，力避巧媚至淪爲鈍拙庸膚，不欲作陳言濫調乃至取不入詩之物、寫不成之句，此其病也。……七言近體非其所長，五言律情景佳處亦是晚唐手眼，特氣體不輕銳，遂使方虛谷過眼而迷日無色耳。……五七古最多滋味。」

8. 蘇舜欽

《宋詩選注》收錄 5 首：《城南感懷呈永叔》（五古）、《夏意》（七絕）、《淮中晚泊犢頭》（七絕）、《初晴遊滄浪亭》（七絕）、《暑中閒詠》（七絕）

《宋詩別裁集》4 首：《夏意》《淮中晚泊犢頭》、《和解生中秋月》、《獨遊輞川》

《宋詩精華錄》6 首：《哭曼卿》、《中秋夜，吳江亭上，對月懷前宰張子野及寄君謨蔡大》、《靜勝堂夏日懷王尉》、《過蘇州》、《和淮上遇便風》、《淮上晚泊犢頭》

《札記》第 318 則（卷一，第 529 頁）「蘇舜欽《蘇學士文集》」總評蘇詩：「子美近體雖較聖俞爲逸宕，七絕尤勝，其古體則語本意滯，與聖俞同有拙口鈍臆之病，而乏聖俞質淡摯厚。」

錄詩：《串夷》、《夏意》、《淮中晚泊犢頭》、《雨中聞鶯》、《初晴遊滄浪亭》、《暑中閒詠》

筆者按：入選《宋詩選注》的《城南感懷呈永叔》未見錄。

9. 歐陽修

《宋詩選注》選 6 首：《晚泊岳陽》、《戲答元珍》、《啼鳥》、《春日西湖寄謝法曹歌》、《別滁》、《奉使道中作》

《宋詩別裁集》選 16 首：《晉祠》、《送徐生之澠池》、《鵯鵊詞》、《春日西湖寄答謝法曹歌》、《雨後獨行洛北》、《又行次作》、《離彭婆值雨投臨汝驛回寄張九屯田司錄》、《和遊午橋莊》、《伊川獨遊》、《三日赴宴口占》、《懷嵩樓新開南軒與郡群僚小飲》、《內直對月寄子華舍人持國廷評》、《唐崇徽公主手痕和韓內翰》、《蘇主簿輓歌》、《戲答元珍》、《滄浪懷貫之》

《宋詩精華錄》選 10 首：《禮部貢院閱進士試》、《夢中作》、《滄浪亭》、《豐樂亭小飲》、《戲答元珍》、《豐樂亭遊春》、《懷嵩樓新開南軒與群僚小飲》、《別滁》、《招許主客》、《宿雲夢館》

《唐宋詩舉要》錄 10 首：《送唐生》、《送胡學士知湖州》、《夷陵歲暮書事呈元珍表臣》、《戲答元珍》《和聖俞百花洲二首》、《豐樂亭遊春》、《再至汝陰》、《高樓》、《贈歌者》

10. 柳永

《宋詩選注》選 1 首《煮海歌》

《宋詩別裁集》未選

《宋詩精華錄》未選

11. 李覯

《宋詩選注》選 3 首：《獲稻》、《鄉思》、《苦雨初霽》

《宋詩別裁集》未選

《宋詩精華錄》選 1 首：《靈源洞》

《札記》第 250 則（卷一，第 401 頁）李覯《盱江全集》

錄詩：《哀老婦》、《相思》、《雪中贈柳枝》、《謝傳神平上人》、《匈奴轉》

筆者按：入選《宋詩選注》的《獲稻》、《苦雨初霽》僅爲摘句。

12. 陶弼

《宋詩選注》選 1 首：《碧湘門》

《宋詩別裁集》、《宋詩鈔》、《今體詩鈔》、《唐宋詩舉要》、《宋詩精華錄》都未選錄陶弼詩

《札記》第 325 則（卷一，第 539 頁）「陶弼《陶邕州小集》」評陶弼：「詩筆頗蘊藉有致」。並對五古《兵器》十分欣賞，以爲「《兵器》一首尤老辣，並資掌故。」

選錄：《登邕州城》、《碧湘門》

13. 文同

《宋詩選注》選 4 首：《早晴至報恩寺》、《織婦怨》、《晚至村家》、《新晴晚月》

《宋詩別裁集》選 6 首：《村居》、《凝雲榭晚興》、《蓼嶼》、《望雲樓》、《露香亭》、《溪光亭》

《宋詩精華錄》選 3 首：《寄宇文公南》、《北齋雨後》、《此君庵》

《札記》第 229 則（卷一，第 358 頁）錄文同詩：《讀武紀》《重過舊學山寺》、《大熱》、《早晴至報恩寺》、《織婦怨》、《晚至村家》、《江上主人》、《和子平弔猿》、《閒居院上方晚景》、《書鶴鳴化壁》、《北齋雨後》、《新晴晚月》《此君庵》、《嘲中條》

《北齋雨後》詩後按語：此首與卷五《江上主人》一首乃《丹淵集》中不可多得之作

14. 曾鞏

《宋詩選注》選 2 首：《西樓》、《城南》

《宋詩別裁集》選 4 首：《錢塘上元夜祥符寺陪諮臣郎中丈燕席》、《甘露多景樓》、《上元》、《寄鄆州邵資政》

《宋詩精華錄》未選錄

15. 王安石

《宋詩選注》選 10 首：《河北民》、《即事》、《葛溪驛》、《示長安君》、《初夏即事》、《悟眞院》、《書湖陰先生壁》、《泊船瓜洲》、《江上》、《夜直》

《宋詩別裁集》選 38 首：《純甫出釋惠崇畫要予作詩》、《半山春晚即事》、《即事》、《欲歸》、《宿雨》、《江亭晚眺》、《金陵懷古》4 首、《登寶公塔》、《次韻平甫金山會宿寄親友》、《段氏園亭》、《次御河寄城北會上諸友》、《寄袁州曹伯玉使君》、《雙廟》、《送鄆州知府宋諫議》、《題齋安壁》、《再題南澗樓》、《南浦》、《溝港》、《梅花》、《江上》、《秣陵道中》、《雜詠》、《初夏即事》、《自定林過西庵》、《北山》、《出郊》、《悟眞院》、《書湖陰先生壁》、《金陵即事》、《和張仲通憶鍾陵》、《鍾山即事》、《遊鍾山》、《北城》、《次吳氏女子》、《天童山溪上》

《宋詩精華錄》選 34 首

《唐宋詩舉要》選 21 首：《遊土山示蔡天啓秘校》、《和沖卿雪詩並示持國》、《送鄭叔熊歸閩》、《純甫出釋慧崇畫要予作詩》、《明妃曲》二首錄一、《送程公闢守洪州》、《半山春晚即事》、《送鄭監簿南歸》、《壬辰寒食》《貫生》、《送項判官》、《葛溪驛》、《山中》、《秣陵道中口占二首》、《雜詠》四首錄一、《北山》、《寄蔡天啓》、《書湖陰先生壁二首》、《烏塘》

《札記》第 604 則（卷一，第 701 頁）李雁湖《注王荊公詩》五十卷，沈小宛《補注》四卷。此則筆記重補注，偶談選詩：「卷二十

九《永濟道中寄諸弟》云：『燈火匆匆出館陶，會看永濟日初高。似聞空舍烏鳶樂，更覺荒陂人馬勞。客路光陰眞棄置，春風邊塞只蕭騷。辛夷樹下烏塘尾，把手何時得汝曹。』按，此詩殊蒼道，而諸選皆不及。」

16. 鄭獬

《宋詩選注》錄四首：《採鳧茈》、《道旁稚子》、《滯客》、《春盡》

《宋詩精華錄》、《宋詩別裁集》均未錄鄭獬詩

《札記》第 499 則（卷二，第 804 頁）鄭獬《鄖溪集》二十八卷、《補遺》、《續補》一卷，湖北先正遺書本。

錄詩：《雜興》、《戍邕州》、《記夢》、《採鳧茨》、《滯客》、《舟泊》、《夜懷》、《雨餘》、《春盡》、《自天竺遇雨卻回靈隱》〔註24〕、《嘲范蠡》

17. 劉攽

《宋詩選注》選 4 首：《江南田家》、《城南行》、《雨後池上》、《新晴》

《宋詩別裁集》選 2 首：《和王正仲熙寧郊祀二十韻》（五言排律）、《新晴》（七絕）

《宋詩精華錄》未選劉攽詩

18. 王令

《宋詩選注》選 3 首：《餓者行》、《暑旱苦熱》、《渰渰》

《宋詩別裁集》：《思京口戲周器之》（七律）一首

《宋詩精華錄》：《原蝗》、《暑旱苦熱》、《春遊》

19. 呂南公

《宋詩選注》選 2 首《老樵》、《勿願壽》

《札記》第 364 則（卷一，第 583 頁）呂南公《灌園集》

選錄：《道旁見乞士捕鼠》、《教學歎》、《老樵》

〔註24〕　筆者按：這首詩的題目應該是《舟行次南都遇雨》。

20. 晁端友

《宋詩選注》選 1 首：《宿濟州西門外旅館》

21. 蘇軾

關於蘇軾的選詩，王友勝《簡論清代的蘇詩選錄》〔註 25〕已經
講得非常清楚，可參觀。

22. 秦觀

《宋詩選注》選 6 首：《泗州東城晚望》、《春日》、《秋日》二首、
《金山晚眺》、《還自廣陵》

《宋詩別裁集》選 6 首：《春日雜興》《次韻裴仲謨和何先輩》、
《遊龍瑞公次程公韻》、《次韻子瞻贈金山寺寶覺大師》、《德清道中還
寄子瞻》、《擬郡學試東風解凍》

《宋詩精華錄》選《泗州東城晚望》、《春日五首》錄一首、《秋
日三首》錄一首、《春日偶題呈錢尚書》、《再遣朝華》、《贈女冠暢師》

23. 張耒

參見第二章「流派與作家研究」張耒部分。

24. 孔平仲

《宋詩選注》選 2 首：《霽夜》、《禾熟》

《宋詩別裁集》選 5 首：《八月十六日玩月》、《西行》、《造王舒
公第馬上作》、《月夜》、《曹亭獨登》

《宋詩精華錄》選 6 首：《代小子廣孫寄翁翁》、《西軒》、《和經
父寄張績》、《登賀園高亭》、《畫眠呈夢錫》、《集於昌齡之舍》

25. 張舜民

《宋詩選注》選錄《打麥》、《村居》兩首

《宋詩別裁集》與《宋詩精華錄》均未選

《札記》第 451 則（卷二，第 1044 頁）張舜民《畫墁錄》八卷，
知不足齋輯《補遺》一卷

〔註25〕發表於《漳州師範學院學報》2001 年第 3 期。

摘詩:《紫騮馬》……按筆致健迅,而擘蒼之句省去鷹字,幾不成語也,他作每偏枯率易。《圓覺院聞杜鵑》、《哀王荊公》、《西征回途中二絕》……按唐音高唱,見存詩以此二首爲最矣。〔註26〕《題岳陽樓賣花聲》

26. 賀鑄

《宋詩選注》選 4 首:《清燕堂》、《野步》、《題諸葛峴田家壁》、《宿芥塘佛祠》

《宋詩別裁集》選 12 首:《宿寶泉山慧日寺》、《答杜仲觀叢臺見寄》、《上巳後一日登快哉亭》、《題漢陽招眞亭》、《秦淮夜泊》、《登烏江柏子岡懷景仁》、《江夏寓興》、《海陵西樓寓目》、《烏江東鄉往還馬上作》、《九日登戲馬臺》、《懷寄寇元弼》、《汴上人有懷李易初》

《宋詩精華錄》選 2 首:《留別田畫》《病後登快哉亭》

《容安館札記》第 395 則(卷一,第 614 頁)賀鑄《慶湖遺老集》

錄:《調北鄰劉生》、《喜雨》、《宿靈泉山慧日寺》、《自訟》、《宿黃葉嶺田家》、《廣津門東馬上》、《席上呈錢德循》、《聞鶯有懷故園》、《龜山晚泊》、《冠氏縣齋書事》、《海陵西樓寓目》、《宿芥塘佛祠》、《清燕堂》、《黃墝魏氏見江亭》

筆者按:入選《宋詩選注》的《野步》、《題諸葛峴田家壁》未見《札記》。

27. 唐庚

《宋詩選注》選 6 首:《訊囚》、《春日郊外》、《棲禪暮歸書所見》二首、《春歸》、《醉眠》

《宋詩別裁集》選 1 首:《除夕》

《宋詩精華錄》選 3 首:《張求》、《白鷺》、《醉眠》

28. 黃庭堅

《宋詩選注》選錄三題五首:《病起荊江亭即事》二首「翰墨場

〔註26〕 這兩首沒有入選《宋詩選注》。

中老伏波」、「閉門覓字陳無己」、《雨中登岳陽樓望君山》二首「投荒萬死鬢毛斑」、「滿川風雨獨憑欄」、《新喻道中寄元明》

《宋詩別裁集》選 14 首:《題竹石牧牛》、《次韻吳宣義三徑懷友》、《留王郎》、《送范德孺知慶州》、《書摩崖碑後》、《以團茶州綠石硯贈無咎文潛》、《聽崇德君鼓琴》、《呻吟齋睡起》、《題落星寺》、《次韻裴仲謀同年》、《登快閣》、《夏日夢伯兄寄江南》、《東觀讀未見書》、《款塞來亭》

《宋詩精華錄》選黃庭堅詩 39 首

29. 陳師道

《宋詩選注》選 5 首:《別三子》、《示三子》、《田家》、《絕句》（書當快意讀易盡）、《春懷示鄰里》

《宋詩別裁集》選 8 首:《宿齊河》、《遊鵲山院》、《寓目》、《九日寄秦觀》、《次韻李節推九日登南山》、《春懷示鄰里》、《和寇十一晚登白門》、《小放歌行》

《宋詩精華錄》收陳師道詩 26 首:《妾薄命二首》評:沉痛語。可以上接顧長康之於桓宣武。《贈二蘇公》、《九日寄秦觀》、《絕句四首》錄一首「書當快意讀易盡」、《謝趙使君送烏薪》、《放行歌》二首、《九日無酒書呈漕使韓伯修大夫》、《贈歐陽叔弼》、《即事》（「老覺山林可避人」）、《絕句》（「此生精力盡於詩」）、《答晁以道》、《別黃徐州》、《贈寇國寶》三首錄一首（「承家從昔如君少」）、《舟中二首》錄一首、《東山謁外大夫墓》、《次韻晁無斁冬夜見寄》、《和范教授同遊恒山》、《春懷示鄰里》評:此詩另是一種結構,似兩絕句接成一律

《和寇十一晚登白門》、《謝趙生惠芍藥三絕句》錄一首、《和李使君九日登戲馬臺》、《次韻夏日》、《寄晁無斁》、《春興》

陳衍總評:後山傳作,如《妾薄命》、《放歌行》等,音節多近黃,茲特選其音調高騫,近王近蘇者,似為後山開一生面,實則老杜本有雄俊、沉鬱兩種也

　　《今體詩鈔》選 4 首：《九日寄秦覯》、《寄侍讀蘇尚書》、《城南》、《和寇十一晚登白門》（皆爲七律）

　　《唐宋詩舉要》選 7 首：《寄外舅郭大夫》、《送吳先生謁惠州蘇副使》、《登快哉亭》、《九日寄秦覯》、《寄侍讀蘇尚書》、《東山謁外大父墓》、《和寇十一晚登白門》

　　《札記》第 477 則（卷一，第 742 頁）任淵《後山詩注》十二卷，趙駿烈訂刻本《後山集》二十四卷（較任注本詩多二百餘首）。後山與蘇黃遊，而作詩無兩家逞巧貪多之習，雖緣風骨之矜貴，亦未必不出於稟賦之儉澀也。格卑而力不敷，思深而才易盡，高唱入雲忽拗折嗓子。最工者惟五古、五律、七絕，而亦時有竭蹶偏枯之病，乏優游容與之致，每有出語而對語不覯，工發端而後繼爲難

　　摘錄詩句：

　　《妾薄命》後山五古以此首與《別三子》最爲高潔、《別三子》

　　《九日寄秦覯》：按：後山七律難得如此一氣完整

　　《東禪》、《迎新將至漕城暮歸遇雨》、《即事》、《齋居》、《雪》、《元日》錢按：好詩，惜借筠爲楸，未妥；兩「望」亦於意有礙。《放懷》、《後湖晚坐》、《病起》、《次韻無斁偶作》、《次韻春懷》、《宿深明閣》錢按：蒼摯極矣，與《次韻無斁》第二首比美。

　　《絕句四首》、《春懷示鄰里》錢按：後山七律最勁而能腴之作，若「著」字不復，則波瀾老成，毫髮無遺憾矣。《家山晚立》、《寒夜》錢按：通首好，末二句必有所指，惜不得解，遂敗興。《和張奉議贈舅氏龐大夫》按：後山七律難得如此細緻

　　《示三子》：「去遠即相忘，歸近不可忍。」

　　筆者按：此詩《宋詩選注》全選，而《札記》中僅爲摘句。

　　在陳師道上，錢鍾書的選詩還是有壓抑的，差異比較大。與歷代宋詩選本相比，錢鍾書的陳師道詩歌的選量幾乎是最低的，與陳師道的地位是不相符合的。與《宋詩精華錄》比較：從陳師道這一點上，也可以看出陳衍與錢鍾書宋詩的審美觀的異同，陳衍以爲「後山傳

作，如《妾薄命》、《放歌行》等，音節多近黃。」所以「茲特選其音
調高騫，近王近蘇者，似爲後山開一生面，實則老杜本有雄俊、沉鬱
兩種也。」而錢鍾書認爲：「後山與蘇黃遊，而作詩無兩家逞巧貪多
之習」，並推測其原因有二：一緣風骨之矜貴，二「未必不出於稟賦
之儉澀也。格卑而力不敷，思深而才易盡，高唱入雲忽拗折嗓子。」
所以，他們共同欣賞的陳師道詩有：《妾薄命二首》、《九日寄秦觀》、
《絕句四首》錄一首「書當快意讀易盡」、《春懷示鄰里》，還是比較
少的比例。

　　從《容安館札記》看：錢鍾書認爲陳師道的詩歌成就主要在五
古、五律、七絕、五古中，最推《別三子》、《妾薄命》（第二首），以
爲「此二首最爲高潔」，而《宋詩選注》僅選了《別三子》，《妾薄命》
未入選。而入選的《示三子》，札記中僅爲摘錄一聯，《田家》則隻字
未提，這兩首詩是應該剔出去的，有迎合時政的味道。

　　五律《宋詩選注》未收錄，而《札記》中摘錄全詩者較多，尤以
《宿深明閣》按語「蒼摯極矣，與《次韻無斁》第二首比美」。

　　此外，卷二的《九日寄秦觀》是一個傳統名篇，《瀛奎律髓》卷
十六、《石倉歷代詩選》卷一百六十一（明曹學佺編）（題作《九日寄
秦少游》）、《宋詩鈔》卷二十五（題作《九日寄秦少游》）、《宋元詩會》
卷三十（題作《九日寄秦少游》）、《今體詩鈔》、《唐宋詩舉要》、《宋
詩別裁集》、《宋詩精華錄》（題作《九日寄秦觀》）皆錄此首。同時錢
按認爲「後山七律難得如此一氣完整。」這是應該可以補入的。

　　30. 徐俯
　　　　《宋詩選注》錄 1 首《春遊湖》
　　　　《宋詩別裁集》、《宋詩精華錄》均未選

　　31. 洪炎
　　　　《宋詩選注》錄洪詩 2 首：《山中聞杜鵑》、《四月二十三日晚同
太沖表之公實野步》
　　　　《宋詩別裁集》、《宋詩精華錄》均未選。

32. 江端友

《宋詩選注》選錄江端友詩 1 首:《牛酥行》

《宋詩別裁集》未錄

《宋詩精華錄》選江端友《韓碑》

《瀛奎律髓》卷三十二忠憤類收江端友《九日》

《宋詩紀事》錄三首:《牛酥行》、《韓碑》、《九日》

33. 韓駒

《宋詩選注》選 1 首:《夜泊寧陵》

《宋詩別裁集》選 5 首:《題畫太一眞人》〔註27〕、《夜泊寧陵》《和李上舍冬日書事》、《代葛亞卿作》

《宋詩精華錄》選 4 首《贈趙伯魚》、《題湖南清絕圖》、《上泰州使君陳瑩中》、《登赤壁磯》

《瀛奎律髓》選 3 首:《夜泊寧陵》、《和李上舍冬日書事》、《送宜黄宰任滿赴調》

《宋藝圃集》選 3 首:《憶舊贈人》(七律)、《題太乙眞人蓮葉圖》、《代葛亞卿作》(七絕)

《札記》第 427 則(卷二,第 979 頁)(韓駒《陵陽先生詩》四卷):氣骨俊爽,而才思頗窘儉,遂近於薄。江西詩派集今可得而見者三洪、二謝、李商老、如璧,雖各具面目,然使事造語皆不免涪翁瘦硬隱密之習,子蒼濡染特淺

選詩:《送子飛弟歸荆南》、《聞富鄭公少時隨侍至此讀書景德寺後人爲作祠堂因跋余舊詩後以自嘲》、《遊定林寺》、《和李上舍冬日書事》、《夜泊寧陵》、《登赤壁磯》

34. 呂本中 4 題 6 首

《宋詩選注》選 4 題 6 首:《春日即事》、《兵亂後雜詩》三首、《柳州開元寺夏雨》、《連州陽山歸路》

〔註27〕　《陵陽集》卷一題爲《題王内翰家李伯時畫太一姑射圖》。

《宋詩別裁集》收呂本中 2 首:《雨後至城外》、《九日晨起》(五律)

《宋詩精華錄》未選呂本中

《宋詩鈔》未錄

《容安館札記》第 440 則(卷二,第 1003 頁)呂本中《東萊先生詩集》二十卷。《瀛奎律髓》卷一陳簡齋《與大光同登封州小閣》詩方批云:「嗣黃、陳而恢張悲壯者,陳簡齋也;流動圓活者,呂居仁也;清勁潔雅者,曾茶山也。七言律他人皆不敢望」云云

居仁詩固不足望簡齋,與茶山皆學山谷,而變雄厚爲輕清者。然茶山峭悍,居仁溫婉,稍參後山,才思奇恣,足當放曾出一頭也。古體絕句多慊慊乏氣韻,惟五七律可採。此爲《四部叢刊續編》影印宋本,張菊生跋大稱宋刻之可貴,而如《瀛奎律髓》卷十七《柳州開元寺夏雨》(「風雨瀟瀟似晚秋,鴉歸門掩伴僧幽。雲深不見千巖秀,水漲初聞萬壑流。鍾喚夢回空悵望,人傳書至竟沉浮,面如田字非吾相,莫羨班超封列侯」)、《兵亂後雜詩》皆居仁集中最真摯唱歎之作

錄詩:《柳州開元寺夏雨》、《兵亂後雜詩》——皆居仁集中最真摯唱歎之作

《春日即事》、《九日晨起》、《雨後至城外》、《秋日即事》、《孟明田舍》、《宿穎昌范氏水閣》、《丁未二月上旬四首》之二與四、《贈益謙兄弟》、《黃池西阻風》、《竹夫人》、《夜坐》

筆者按:入選《宋詩選注》的《連州陽山歸路》僅摘一聯「兒女不知來避地,強言風物勝江南」。

35. 宗澤

《宋詩選注》選 1 首:《早發》

《宋詩別裁集》、《宋詩精華錄》均未收錄

36. 汪藻

《宋詩選注》選 4 首:《春日》、《己酉亂後寄常州使君任》、《即

事》二首

　　《宋詩別裁集》錄汪藻五首詩：《己酉亂後寄常州使君侄》（五律）
一題四首（「汾水遊仍遠」、「草草官軍渡」、「身老今何向」、「春到花
仍笑」）、《書寧州驛壁》（七律）（與札記暗合）

　　筆者按：《宋詩精華錄》未收錄汪藻詩歌，收錄孫覿一首《焦山
吸江亭》。孫覿就是錢鍾書拿來與汪藻比較的孫仲益，錢鍾書的判斷
是：「彥章詩古文則語雅煉而氣疏爽，遠非仲益所及。」他認爲孫的
詩歌成就遠在汪之下，所以《宋詩選注》未錄孫覿的詩，只是在汪藻
小傳裏簡單地點到了一下。這一點也是錢鍾書與陳衍的不同所在。

　　《容安館札記》第 246 則（卷一，第 392 頁）（汪藻《浮溪集》）
十三年前過眼者也。彥章以儷語名，陳振孫《書錄解題》推爲集
宋人四六之大成。其駢文對仗精切而意理洞達，自擅能事，然較之同
時孫仲益無以遠過。仲益屬詞對事，鈎新摘異，取材之博似尚勝彥章
也。彥章詩古文則語雅煉而氣疏爽，遠非仲益所及。……浮溪詩亦似
東坡，才氣固不足相擬，而琢煉工夫勝之

　　選詩：《天長道中》三首錄後二首、《書寧川驛壁》、《漫興》二首、
《次韻蔡天任十首》之八、《即事》二首

　　未收《己酉亂後寄常州使君侄》、《春日》

　　筆者按：四庫本《浮溪集》未收錄《春日》七律，而《宋詩紀事》
卷三十六收錄此詩。詩後有按語——「《遊宦紀聞》：此篇一出，爲詩
社諸公所稱，蓋公幼年作也。」而《宋詩選注》在《春日》的注一中
提到：「這是一首傳頌的詩（張世南《遊宦紀聞》卷三），當時就有人
把第一句作爲詩題（楊冠卿《客亭類稿》卷十一）。

37. 王庭珪

　　《宋詩選注》選 3 首：《和周秀實田家行》、《移居東村作》、《二
月二日出郊》

　　《宋詩別裁集》選 4 首：《辰州上元》、《春日山行》、《題郭秀才
釣亭》、《送胡邦衡之新州貶所》第一首「囊封初上九重關」

《宋詩精華錄》選 1 首：《送胡邦衡之新州貶所》第一首

《札記》第 437 則（卷二，第 995 頁）（王庭珪《瀘溪集》十六卷）：氣壯盛而語獷率，頗參江西派法，終以筆性恣睢，不耐推敲，粗涉藩籬而已

摘錄詩句：《移居東村作》

38. 曾幾

《宋詩選注》選曾詩 2 首《蘇秀道中自七月二十五日夜大雨三日秋苗以蘇喜而有作》、《三衢道中》

《宋詩別裁集》選曾詩 1 首《曾宏甫分餉洞庭柑》（七律）

《宋詩精華錄》錄 5 首：《三衢道中》、《題訪戴圖》、《茶山》、《壬戌歲除作明朝六十歲矣》、《發宜興》

《札記》第 434 則（卷二，第 990 頁）曾幾《茶山集》

錄詩：《喜得洞霄》、《春晴》、《探梅》、《蚊蠅擾甚戲作》、《蘇秀道中自七月二十五日夜大雨三日秋苗以蘇喜而有作》、《雪作》、《寒食只旬日間風雨不已》、《壬戌歲除作明朝六十歲矣》、《雪後梅花盛開折置燈下》、《癸未八月十四日至十六夜月色皆佳》、《竹軒小睡》、《家釀紅酒美甚戲作》、《人日》、《三衢道中》

《蘇秀道中自七月二十五日夜大雨三日秋苗以蘇喜而有作》後附按語：按此詩與卷六《雪作》（「臥聞微霰卻無聲，起看階前又不能。一夜紙窗明似月，多年布被冷於冰。屨穿過我柴門客，笠重歸來竹院僧。三白自佳晴亦好，諸山粉黛見層層。」）皆開誠齋法門

《寒食只旬日間風雨不已》後按：此詩與同卷之《壬戌歲除作明朝六十歲矣》（「禪室蕭然丈室空，薰銷火冷閉門中。光陰又似燭見跋，學問只如船逆風。一歲臨分驚老大，五更相守笑兒童。休言四十明朝過，看取霜鬢六十翁。」）、《雪後梅花盛開折置燈下》（「滿城桃李望東君，破臘江梅未上春。窗几數枝逾靜好，園林一雪倍清新。已無妙語形容汝，不用幽香觸撥人。迨此暇時當舉酒，明朝風雨恐傷神。」）、《癸未八月十四日至十六夜月色皆佳》（「年年歲歲望中秋，歲歲年年

霧雨愁。涼月風光三夜好，老夫懷抱一生休。明時諒費銀河洗，缺處應須玉斧修。京洛胡塵滿人眼，不知能似浙江不？」）皆放筆直幹，掉臂經行，老而不率，非復向涪翁門下討生活者矣

39. 李綱

《宋詩選注》選錄 1 首《病牛》

《宋詩別裁集》、《宋詩精華錄》均未選

40. 李彌遜

《宋詩選注》選李詩 3 首：《雲門道中晚步》（七律）、《東崗晚步》（七律）、《春日即事》（七絕）

《宋詩別裁集》選李詩 3 首：《行路難》（七古）、《渡橫溪》（七律）、《次韻林仲和筠莊》（七絕）

《宋詩精華錄》未選錄

《札記》第 399 則（卷一，第 618 頁）李彌遜《筠溪集》二十四卷、樂府一卷

錄詩：《次韻仲輔山中之作》、《將到金陵投宿烏江寺》、《雲門道中晚步》、《渡橫溪》、《東崗晚步》、《筠莊李花正開雨不得往》、《次韻春日即事》（即《春日即事》）

41. 陳與義

《宋詩選注》選錄陳詩 11 首：《襄邑道中》、《中牟道中》（二首）、《清明》、《雨晴》、《登岳陽樓》、《春寒》、《雨中對酒庭下海棠經雨不謝》、《傷春》、《牡丹》、《早行》

《宋詩別裁集》選 27 首：《出山道中》、《夏日集葆眞池上以綠陰生畫靜賦詩德靜字》、《夜步堤上》、《夜賦》、《遙碧軒作呈使君少隱時欲赴召》《道中寒食》、《寒食》、《岸幘》、《雨》、《晚步》、《放慵》、《金潭道中》、《次韻周教授秋懷》、《寓居劉倉廨中晚步過鄭倉臺上》、《巴丘書事》、《題東家壁》、《懷天經智老因訪之》、《舟行遣興》、《雨晴》、《對酒》、《春夜感懷寄席大光》、《道中書事》、《晚晴野望》、《出山》、

《入山》、《清明》、《春日》

　　《宋詩精華錄》選21首：《和張矩臣水墨梅五絕》錄四首、《寄若拙弟兼呈二十家叔》、《次韻樂文卿北園》、《春日二首》、《夏日集葆眞池上》、《試院書懷》、《清明》、《再登岳陽樓感賦詩》、《春寒》、《尋詩兩絕句》、《除夜次大光韻大光是夕婚》、《除夜不寐飲酒一杯明日示大光》、《將至杉木鋪望野人居》、《謝主人》、《觀雨》、《懷天經智老因訪》

42. 朱弁

　　《宋詩選注》選2首：《送春》、《春陰》
　　《宋詩別裁集》、《宋詩精華錄》均未選錄

43. 曹勳

　　《宋詩選注》選：《入塞》、《出塞》、《望太行》
　　《宋詩別裁集》選《途中寒食》、《題友人書後》
　　《宋詩精華錄》未選錄曹勳詩
　　《容安館札記》第289則（卷一，第486頁）曹勳《松隱集》錄：《望太行》錢按公顯以此詩爲壓卷
　　筆者按：入選《宋詩選注》的《出塞》、《入塞》未見《札記》。

44. 董穎

　　《宋詩選注》選《江上》一首
　　《宋詩別裁集》、《宋詩精華錄》均未選錄

45. 吳濤

　　《宋詩選注》選《絕句》一首
　　《宋詩精華錄》、《宋詩別裁集》均未選錄

46. 周紫芝

　　《宋詩選注》選錄一題四首：《禽言》（《婆餅焦》、《提壺蘆》、《思歸樂》、《布穀》）
　　《宋詩別裁集》7首：《凌敲晚眺》、《五禽言》五首、《雨過》
　　《宋詩精華錄》未選錄

47. 劉子翬

《宋詩選注》選劉詩 7 首：《江上》、《策杖》、《汴京紀事》五首

《宋詩別裁集》選劉詩 6 首《早行》《涼月》《渡淮》、《聞箏作》、《兼道攜古墨來》、《出郊》

《宋詩精華錄》選劉詩 1 首《劉兼道獵》

《容安館札記》第 139 則（卷一，第 207 頁）劉子翬《屏山全集》錄《讀平險銘寄李漢老》、《江上》、《景陽鐘》、《北風》、《汴京即事》四首

筆者按：入選《宋詩選注》的《策杖》未見摘錄，入選《宋詩選注》的《汴京紀事》中的「帝城王氣雜妖氛」、「內苑珍林蔚絳霄」未見摘錄

48. 楊萬里

《宋詩選注》選楊詩 15 首：《過百家渡》三首、《憫農》、《閑居初夏午睡起》、《插秧歌》、《春晴懷故園海棠》、《五月初二日苦熱》、《初入淮河》三首、《過寶應縣新開湖》、《桑茶坑道中》二首、《過松源晨炊漆公店》

《宋詩別裁集》選楊萬里詩 27 首：《和昌英叔久雨》、《霰》、《懷古堂前小梅漸開》、《春晴懷故園海棠》、《寄題曾子與競秀亭》、《辛亥元日送張德茂自建康移師江陵》、《東至後賀皇太子及平陽郡王》、《送趙民則少監提舉》、《赴文德殿聽麻仍拜表》、《雪後晚晴四山皆青惟東山全白賦最愛東山晴後雪絕句》、《遊定林寺即荊公讀書處》、《蘇木灘》、《明發陳公徑過摩捨那灘石峰下》、《謝胡子遠郎中惠蒲大韶墨報以龍涎心字香》、《送王監薄民瞻南歸》、《題望韶亭》、《芭蕉雨》、《題興寧縣東文鎮瀑泉在夜明場驛之東》、《遊蒲澗呈周帥蔡漕張舶》、《和周仲覺》、《和仲良春晚即事》、《明發新晴快風順約泊樟鎮》、《虞丞相挽詞》（三首）、《宿蘭溪水驛前》、《過張王廟》

《宋詩精華錄》錄楊萬里詩 55 首

49. 陸游

參見第二章「宋詩流派與作家研究」陸游部分。

50. 范成大

《宋詩選注》選范詩 29 首:《初夏》2 首、《晚潮》、《碧瓦》、《橫塘》、《催租行》2 首、《早發竹下》、《後催租行》、《州橋》、《夜坐有感》、《雪中聞牆外鬻魚菜者求售之聲甚苦有感》、《詠河市歌者》、《四時田園雜興》16 首

《宋詩別裁集》選 17 首:《暮春上塘道中》、《四月五日集陳園照山堂》、《鄂州南樓》、《初歸石湖》、《再題瓶中梅花》、《緩帶軒獨坐》、《題畫卷》、《題開元天寶遺事》、《橫塘》、《過平望》、《新嶺》、《夜宴曲》、《湘口夜泊南去零陵十里矣》、《照田蠶行》《初入巫峽》、《將至石湖道中書事》、《春晚即事留遊子明王仲明》

《宋詩精華錄》錄 12 首:《晚潮》、《與正夫、朋元遊陳侍御園》、《龍津橋》、《畫工季友直為余作冰天、桂海二圖》、《判命坡》、《望鄉臺》、《鄂州南樓》、《春晚》、《四時田園雜興六十首》錄二首「社下燒錢鼓似雷」「騎吹東西里巷喧」、《夏日田園雜興十二絕》錄一絕「畫出耕田夜績麻」

《容安館札記》第 443 則（卷二，第 1005 頁）錄:《不寐》詩後按:集中失眠詩甚多，皆可諷詠。《初夏》二首、《欲雪》、《讀史》二首、《晚潮》、《餘杭道中》、《橫塘》、《病中絕句》三首、《題醫士》、《上沙遇雨快涼》、《早發竹下》、《送洪景盧內翰使虜》、《州橋》、《湘江洲尾快風掛帆》、《雨蟲》、《緩帶軒獨坐》、《乙未元日書懷》、《耳鳴戲題》、《戲書麻線堆下》、《鄂州南樓》、《懶床午坐》、《秋前三日大雨》、《自橫塘橋過黃山》、《謝賜臘藥感遇之什》、《諾惺庵枕上》、《甲辰人日病中吟》二首、《殊不惡齋秋晚閒吟》、《枕上有感》、《夜坐有感》、《雪中聞牆外鬻魚菜者求售之聲甚苦有感》、《詠河市歌者》、《四時田園雜興》6 首

筆者按:入選《宋詩選注》的《催租行》二首、《後催租行》未

見摘錄，《四時田園雜興》也有出入。

51. 尤袤

《宋詩選注》選錄尤詩 1 首：《淮民謠》

《宋詩別裁集》選 4 首：《入春半月未有梅花》、《德翁有詩再用前韻》（三首）

《宋詩精華錄》選 3 首：《送吳待制守襄陽》、《題米元暉瀟湘圖二首》

《容安館札記》第 459 則（卷一，第 722 頁）《梁溪遺稿》

錄：《台州》

筆者按：入選《宋詩選注》的《淮民謠》未見摘錄。

52. 蕭德藻

《宋詩選注》選錄 1 首《樵夫》

《宋詩別裁集》未選錄

《宋詩精華錄》錄 4 首：《古梅二首》、《次韻傅惟肖》、《登岳陽樓》

53. 王質

《宋詩選注》選王詩：《山行即事》、《東流道中》

《宋詩別裁集》未選錄

《宋詩精華錄》未選錄

《容安館札記》第 486 則（卷二，第 773 頁）王質《雪山集》

錄詩：《晚泊東流》〔註28〕詩後按語：「集中最生峭完整之什。」

《山行即事》僅摘錄第一聯：「浮雲在空碧，來往議陰晴。」

54. 陳造

《宋詩選注》選陳詩：《田家謠》、《題趙秀才壁》

《宋詩別裁集》選 3 首：《望夫山》、《山居》、《即事》

《宋詩別裁集》未選錄

〔註28〕 即《東流道中》。

《容安館札記》第 360 則（卷一，第 578 頁）陳造《江湖長翁文集》

錄：《三月初晚晴》、《正學》、《歲晚言懷》、《念衰》、《早步湖上》、《王逢原》、《閒居》、《題趙秀才壁》、《春寒》、《泛湖十絕句》錄第一首

筆者按：入選《宋詩選注》的《田家謠》未見摘錄。

55. 章甫

《宋詩選注》選章詩 3 首：《田家苦》、《即事》二首「天意誠難測」、「初失清河日」

《宋詩別裁集》未選錄

《宋詩精華錄》未選錄

《容安館札記》第 301 則（卷一，第 506 頁）

錄：《惜花》、《田家苦》、《次韓無咎途中寄陸務觀》、《即目》、《即事》「天意誠難測」、「初失清河日」、《閏月二日清坐》、《春晚寺居即事》

筆者按：《田家苦》後有按語：元稹《估客樂》、張籍《賈客樂》皆僅謂農夫稅多，劉賓客《賈客行》僅謂商傷農，《劍南詩稿》卷十九之《估客樂》則言儒生命薄也，皆無此篇之深摯。《即事》後也有按語：凡十首，可以追配《瀛奎律髓》卷三十二「忠憤」類所選浮溪、東萊五律，此二首其尤沉摯者。

56. 姜夔

《宋詩選注》選姜夔 10 首：《昔遊詩》3 首、《除夜自石湖歸苕溪》4 首、《湖上寓居雜詠》2 首、《平甫見召不欲往》

《宋詩別裁集》選 1 首：《昔遊詩》

《宋詩精華錄》選 7 首：《送朝天續集歸誠齋時在金陵》、《除夜自石湖歸苕溪》、《姑蘇懷古》、《湖上寓居雜詠》、《平甫見招不欲往》、《登鳥石寺》、《過垂虹》

《容安館札記》第 415 則（卷二，第 961 頁）姜夔《白石道人全

集》

　　錄：《昔遊詩》3 首、《丁巳七月望湖上書事》、《除夜自石湖歸苕
溪》6 首、《湖上寓居雜詠》3 首、《平甫見招不欲往》

57. 徐璣

　　《宋詩選注》選 1 首《新涼》

　　《宋詩別裁集》選 3 首：《黃碧》、《憑高》、《春日遊張提舉園池》

　　《宋詩精華錄》選 2 首：《泊舟呈靈暉》、《贈徐照》

58. 徐照

　　《宋詩選注》選 1 首《促促詞》

　　《宋詩別裁集》錄 1 首《宿翁靈舒幽居期趙紫芝不至》

　　《宋詩精華錄》錄 3 首：《莫愁曲》、《柳葉詞》、《分題得漁村晚
照》

59. 翁卷

　　《宋詩選注》錄翁詩 2 首：《野望》、《鄉村四月》

　　《宋詩別裁集》選 1 首：《送薛子舒赴華亭船官》

　　《宋詩精華錄》選五首：《寄永州徐三掾曹》、《陳西老母氏挽
詞》、《哭徐山民》、《山雨》、《鄉村四月》

60. 趙師秀

　　《宋詩選注》選趙詩 2 首：《數日》、《約客》

　　《宋詩別裁集》選 3 首：《桐柏觀》、《岩居僧》、《大慈道》

　　《宋詩精華錄》選 4 首《雁蕩寶冠寺》、《薛氏瓜廬》、《數日》、《約
客》

61. 裘萬頃

　　《宋詩選注》選裘詩《雨後》、《早作》、《入京道中曝背》

　　《宋詩別裁集》未選錄

　　《宋詩精華錄》未選錄

　　《容安館札記》第 265 則（卷一，第 447 頁）裘萬頃《竹齋詩集》

錄詩：《晚步》、《暘谷偶成》、《不雨》、《老屋》、《入京道中曝背》、《早作》

筆者按：入選《宋詩選注》的《雨後》未見摘錄。

62. 華嶽

《宋詩選注》選華詩 5 首：《驟雨》、《江上雙舟催發》、《田家》三首

《宋詩別裁集》選《早春即事》

《宋詩精華錄》未選錄

《容安館札記》第 511 則（卷二，第 834 頁）華岳《翠微南征錄》

錄：《贈陳道人》、《江上雙舟催發》、《上韓平原》、《別子陳子》、《自寬》、《述事》、《郊飲》、《田家十絕》錄三首：「緋袴青衫紫繫腰」（五）；「村媼奮迅出籬笆」（六）；「畫眉無墨把燈燒」（七）、《新市雜詠十首》錄 4 首

筆者按：入選《宋詩選注》的《驟雨》、《田家》三首未見摘錄。

63. 劉宰

《宋詩選注》選劉詩 2 首：《開禧紀事》、《野犬行》

《宋詩別裁集》未選錄

《宋詩精華錄》未選錄

《容安館札記》第 536 則（卷二，第 903 頁）

劉宰《漫堂文集》三十六卷。余讀《癸辛雜識‧別集》上記平國論陶淵明語（見第三百五十二則）始知其名。後復在《南宋群賢小集》第二十二冊觀所為李和父《梅花衲序》（第四百五十二則）。……

平國，德行之士，然詩文暢沛，無頭巾氣，少精警耳。論詩尊趙章泉，所作亦頗類，惟七言樂府淋漓沉摰，卓然上追元白張王，如卷二《開禧紀事》、卷四《野犬行》、《猛虎行》其尤佳者。《野犬行》云：「野有犬，林有烏……應羨道旁饑凍死。」一結警切極矣，《宋詩鈔》乃謂其詩亦常調，五言古稍優，非知音識曲者也

此外尚錄：《東陽道中聞杜鵑》、《天台道中》二詩

64. 戴復古

《宋詩選注》選 3 題 4 首：《織婦歎》、《庚子薦饑》二首、《夜宿農家》

《宋詩別裁集》選錄 1 首：《江村晚眺》

《宋詩精華錄》選戴復古 11 首：《夢中亦役役》、《大熱五首》錄一首「天嗔吾面白」、《次韻謝敬之題南康縣劉清老園》、《寄韓仲止》、《題張撿判園林》、《哭趙紫芝》、《渝江綠陰亭九日燕集》、《湖南見眞帥》、《江陰浮遠堂》、《戲題詩稿》、《袁州化成岩李衛公謫居之地》

《容安館札記》第 584 則（卷一，第 646 頁）戴復古《石屏詩集》十卷

錄詩：《祝二嚴》、《元宵雨》、《元日二首呈永豐劉叔冶知縣》、《麻城道中》、《別邵武諸人》、《九日》、《山中夜歸》、《釣臺》

筆者按：入選《宋詩選注》的《庚子薦饑》、《夜宿田家》僅爲摘句，而《織婦歎》則未見錄。

65. 洪諮夔

《宋詩選注》選 5 首：《漩口》、《狐鼠》、《泥溪》、《促織》二首

《宋詩別裁集》未選錄

《宋詩精華錄》未選錄

《容安館札記》第 321 則（卷一，第 534 頁）洪諮夔《平齋文集》三十二卷

錄詩：《促織》二首、《過四望山》、《白鶴觀》、《取涼》、《食菜》、《西龍道院》、《乙酉六月十九日應詔言事九月一日去國》、《荊公》、《丁謂》、《狐鼠》、《辛歲》、《午困》、《再賦》、《筍蕨》

筆者按：入選《宋詩選注》的《漩口》未見摘錄，而《泥溪》僅摘第二聯「晚花酣暈淺、平水笑窩輕。」

66. 王邁

《宋詩選注》選 3 首：《簡同年刁時中俊卿詩》、《觀獵行》、《讀渡江諸將傳》

《宋詩別裁集》未見錄

《宋詩精華錄》未見錄

《容安館札記》第第 366 則（卷一，第 586 則）

王邁《臞軒集》十六卷。實之以讜直名，詞章其餘事也。雖出眞西山門，無儒緩嫗煦之態，氣盛言洶，然囂浮乏洗煉，故出語每俗。如卷五《眞西山集後序》「一片赤誠」等句是也。詩亦慷慨流走，乃江湖體中氣勢大而工夫不細者。最推誠齋卻不相似

（眉注）卷十二《簡同年刁時中俊卿詩》，按刁未第時作《老農行》諷長官，及爲綏寧簿，則又不惜民力以媚上司，故實之作詩譏之，詞意剴切，傑作也。實之關心民瘼，如卷十三《啄木鳥詩》，卷十六《元宵觀燈》詩、《感歎時事》詩，而以此篇爲尤，過長不錄

錄詩：《讀誠齋新酒歌仍效其體》、《觀獵行》、《讀渡江諸將傳》、《別戴仲實》、《二月閱邸報》

67. 趙汝鐩

《宋詩選注》選錄 5 首：《翁媼歎》、《耕織歎》（二首）、《隴首》、《途中》

《宋詩別裁集》未選錄

《宋詩精華錄》未選錄

《容安館札記》第 452 則（卷二，第 1045 頁）

錄詩：《耕織歎》二首、《荊門行》、《憩農家》、《訪山中友》、《談禪》、《下程》、《弋陽道中》、《登法雲寺》、《午炊徐坊嶺》、《莊家》、《途中》

《耕織歎》二首，後有按語：「前一首即是鄭谷之『忍耕都是力耕人』，後一首即是張俞之『遍身羅綺者，不是養蠶人』（參觀第四百九十三則《戴石屏詩集》卷一《織婦歎》云：「一春一夏爲蠶忙，織婦布衣仍布裳。有布得著猶自可，今年無麻愁殺我。」葉景文《順適堂吟稿》卷丙《蠶婦歎》：「辛苦得絲了租稅，終年直著布衣裳。」）要以明翁次兩篇發揮爲盡

筆者按：入選《宋詩選注》的《翁媼歎》、《隴首》未見抄錄。

68. 高翥

《宋詩選注》選 2 首：《秋日》、《曉出黃山寺》

《宋詩別裁集》選 1 首：《常熟縣破山寺》

《宋詩精華錄》未選錄

《容安館札記》第 438 則（卷二，第 996 頁）選錄高翥詩：《送別》、《訪諸葛鍊師不遇》、《雜興》、《孤山雪後》、《天台曹圃》、《過臨平》、《秋日》、《曉出黃山寺》

69. 劉克莊

《宋詩選注》選錄 8 首：《北來人》二首、《戊辰即事》、《築城行》、《開壕行》、《運糧行》、《哭喊行》、《軍中樂》

《宋詩別裁集》未錄

《宋詩精華錄》錄劉克莊詩 27 首：《北山作》、《夜過瑞香庵作》、《哭薛子舒》二首、《答友生》、《冶城》、《西山》、《歸至武陽渡作》、《出郭》、《再贈錢道人》、《方寺丞新第》二首、《歲晚書事》十首錄四首「荒臺野蔓上離笆」、「踏破儂加一徑苔」、「細君炊秫婢繅絲」、「日日抄書懶出門」、《燕》、《七月九日》、《少日》、《示同志》、《郊行》、《見方雲臺題壁》、《記夢》、《爲圃》、《病後訪梅九絕》錄三首「夢得因桃數左遷」、「區區毛鄭號精專」、「一聯半首致魁臺」

70. 方岳

參見第二章「宋詩流派與作家研究」。

71. 羅與之

《宋詩選注》選錄 3 首《寄衣曲》（二首）「憶郎赴邊城」、「此身倘長在」、《商歌》

《宋詩別裁集》未選錄

《宋詩精華錄》選一首《看葉》

《容安館札記》第 438 則（卷二，第 996 頁）選羅與之《寄衣曲》

第三首「此身倘長在」

72. 許棐

《宋詩選注》選錄四首：《樂府》（二首）、《秋齋即事》、《泥孩兒》

《宋詩別裁集》未選錄

《宋詩精華錄》未選錄

《札記》第438則（卷2，第996頁）選錄：《閨苑》、《枯荷》、《宮詞》、《古墓》、《秋齋即事》、《題舒王遊半山圖》，未錄《樂府》二首、《泥孩兒》

73. 利登

《宋詩選注》選錄利登《田家即事》、《野農謠》二首

《宋詩別裁集》選錄利登兩首《沽酒》、《春日》

《宋詩精華錄》未選錄

《容安館札記》第384則（卷一，第600頁）選錄利登詩

《田家紀事》、《晚步》、《走佛岩道中》、《野農謠》，《野農謠》後有按語，以為宋人集中勸農詩多矣，惟屢道此作及林肅翁《勸農詩》、諶祐《勸農日》三首最真摯，無飾詞

74. 葉紹翁

《宋詩選注》選錄五首：《遊園不值》、《田家三詠》（三首）、《夜書所見》

《宋詩別裁集》未選錄

《宋詩精華錄》葉紹翁三首《登謝屐亭贈謝行之》（案：晚宋詩人工古體者不多，此篇其最清脆者。《遊園不值》、《九日呈真直院》

《容安館札記》第438則（卷2，第996頁）收錄葉紹翁詩《西湖秋晚》、《遊園不值》、《出北關二里》、《野蝶》、《隔天民隱居》、《九日呈真直院》、《田家三詠》錄第三首「抱兒更送田頭飯」、《贈陳宗之》、《夜書所見》

　　筆者按：其中，《九日呈眞直院》同《宋詩精華錄》，《田家三詠》的第一、第二首入選《宋詩選注》有迎合之意。

75. 嚴羽

　　《宋詩選注》選錄三首：《有感》（二首）、《臨川逢鄭遇之之雲夢》

　　《宋詩別裁集》未選錄

　　《宋詩精華錄》錄兩首：《訪益上人蘭若》、《和上官偉長蕪城晚眺》

　　《容安館札記》第 271 則（卷一，第 454 頁）《嚴滄浪先生吟卷》

　　所作調亮而不遠，句清而不新，秀而弱，謹而狹，筆力尚在戴石屏之下。卷三《庚寅紀亂》五古最爲敍事巨篇，而筆力懈散，絕無杜法。卷二《有感》五律六首，其學杜之作，卻不蒼老。卷二《臨川逢鄭遇之》：「明發又爲千里別，相思應盡一生期。」按，意深摯而筆輕婉

76. 樂雷發

　　《宋詩選注》選錄四首：《烏烏歌》、《常寧道中懷許介之》、《秋日行村路》、《逃戶》

　　《宋詩別裁集》選錄一首：《送廣州劉叔治倅欽州兼守事》

　　《宋詩精華錄》選樂雷發二首：《送丁少卿自桂帥移鎮西蜀》、《夏日偶書》

　　《容安館札記》第 22 則（卷一，第 23 頁）

　　選錄：《九嶷山紫霞洞歌》、《常寧道中懷許介之》、《烏烏歌》、《秋日行村路》、《無題》、《夏日偶書》、《書蕭千岩集》

　　筆者按：入選《宋詩選注》的《逃戶》未見《札記》。

77. 周密

　　《宋詩選注》選錄四首：《夜歸》、《野步》、《西塍秋日記事》、《西塍廢圃》

　　《宋詩別裁集》未選錄

《宋詩精華錄》未選錄

《容安館札記》的選錄情況參見第二章「宋詩流派與作家研究」部分

78. 文天祥

《宋詩選注》選 4 首:《揚子江》、《南安軍》、《金陵驛》、《除夜》「乾坤空落落」

《宋詩別裁集》選 1 首:《過平原作》(七古)

《宋詩精華錄》選 2 首:《曉起》、《夜坐》

《容安館札記》第 615 則(卷 2,第 1099 頁)《文山先生全集》二十卷。

選錄:《贈拆字喚衣相士》、《信雲父》、《揚州地分官》、《聲苦》、《揚子江》、《南安軍》、《安慶府》、《金陵驛》、《除夜》「乾坤空落落」、《除夜庚辰》「門掩千山黑」

79. 汪元量

《宋詩選注》選錄《醉歌》(4 首)、《湖州歌》(17 首)

《宋詩別裁集》未選錄

《宋詩精華錄》選 2 首:《醉歌》二首(「亂點連聲殺六更」、「南苑西宮棘露牙」)

《容安館札記》第 439 則(卷一,第 752 頁)汪元量《湖山類稿》選錄:《醉歌》六首:「呂將軍在守襄陽」(一)、「六宮宮女淚漣漣」(四)、「亂點連聲殺六更」(五)、「湧金門外柳如金」(八)、「南苑西宮棘露牙」(九)、「伯彥丞相呂將軍」(十)

《湖州歌九十八首》:「丙子正月十有三」(一)、「萬馬如雲在外間」(二);「殿上群臣嘿不言」(三);「謝了天恩出內門」(四)、「一掬吳山在眼中」(五);「太湖風起浪頭高」(十);「曉來宮棹去如飛」(十五);「暮雨瀟瀟酒力微」(十六);「曉鬌鬖鬆懶不梳」(十七);「官軍兩岸護龍舟」(二十八);「丞相催人急放舟」(四十);「銷金帳下忽天明」(四十三);「宮人夜泊近人家」(四十四);「錦帆萬幅礙斜陽」

（五十八）；「第二筵開入九重」（六十九）；「一人不殺謝乾坤」（七十八）；「金屋妝成物色新」（八十）；「每月支糧萬石鈞」（八十一）；「三宮寢室異香飄」（八十二）；「三殿加餐強自寬」（八十五）；「夜來酒醒四更過」（九十六）

《越州歌二十首》選錄「蒼生慟哭入雲霄」（七）、《北師駐皐亭山》

筆者按：《宋詩選注》所選《醉歌》的「淮襄州郡盡歸降」沒有收錄、《湖州歌》中的「北望燕雲不盡頭」、「蘆荻颼颼風亂吹」、「青天澹澹月荒荒」、「日中轉舵到河間」四首也未見收錄。

80. 蕭立之

《宋詩選注》選錄 4 首：《送人之常德》、《春寒歎》、《茶陵道中》、《第四橋》

《宋詩別裁集》未選錄

《宋詩精華錄》未選錄

《容安館札記》第 530 則（卷二，881 頁）蕭立之《蕭冰崖詩集拾遺》

選錄：《送人之常德》、《病起》、《湖海》、《武陽渡》、《食蟹》、《校文京庠》（二首）、《偶成》、《第四橋》、《次丁宣尉韻》

筆者按：《春寒歎》僅為摘句，摘錄最後一句：「君不見鄰翁八十不得死，昨夜哭牛如哭子。」《茶陵道中》未見摘錄。

第四章　錢鍾書與宋詩整理

第一節　《容安館札記》與宋詩整理

第 22 則（卷一，第 23 頁）（曹庭棟《宋百家詩存》）

　　毛玨元白《吾竹小稿》……此次所讀晚宋小家中，《雪磯叢稿》才力最大，足以自立。《佩韋齋稿》次之，此稿又次之。但憶《南宋六十家詩》所收余觀復《北窗詩稿》，其中篇什多與此同，不知主名果誰屬。

　　《秋日即事》：「黃花曝日香欲醉，黃蜂抱香暖欲睡。老夫邂逅亦欣然，一段先天畫前意。喧喧歸雀聒叢篁，夕風欲轉明朝霜。花搖蜂醒我亦覺，斜陽一片秋茫茫。」按：此詩與《關心》、《學道》兩七律，憶皆見《北窗詩稿》，其他不記尚有重複者否。

筆者按：《全宋詩》第 59 冊 37481 頁收「毛玨」《秋日即事》，37483 頁收《關心》、《學道》，未有說明重見。

　　《全宋詩》第 63 冊 39501～39504 頁依據《南宋六十家小集‧北窗詩稿》收余觀復 11 首詩，未見《關心》、《學道》、《秋日即事》。

第 84 則（卷一，第 145 頁）

　　岳珂《桯史》十五卷。

　　卷六論劉叔儗七律新警峭拔，傷露筋骨，與改之為一

流人物云云。按，叔嶷有《招山小集》，余於曹庭棟《宋百家詩存》卷十二見之……《題歸去來圖》七律則與《中州集》卷三劉迎《題歸去來圖》詩全同，僅異二字而無知之，詳見余讀《宋百家詩存》札記。

筆者按：現在出版的《容安館札記》中所收讀《宋百家詩存》的三則（第1則、第20則、第22則）札記中未有讀《招山小集》的文字。

四庫本《宋百家詩存》卷二十三收劉仙倫《題歸去來圖》：「筆端奇處發天蔵，事遠懷人涕泗滂。餘子風流追魏晉，上人談笑自羲皇。折腰五斗幾錢值，去國十年三徑荒。安得一堂重寫照，爲公攜酒瀉蕉黃。」

而《兩宋名賢小集》卷三百六十三、《中州集》卷三、《石倉歷代詩選》卷二百十五、《歷代題畫詩類》卷三十七、《御選宋金元明四朝詩》卷十三、《宋元詩會》卷六十二都以此詩爲劉迎作。當是《宋百家詩存》誤收，此詩應從劉仙倫名下剔除。

第100則（卷一，第166頁）

羅椅子遠《澗谷遺集》四卷。

子遠《瞌睡》詩，向於《東南紀聞》卷二中見之……《遺集》竟未載，所存諸詩，無過此者。……卷末羅敬心《大父澗谷翁精選陸放翁詩序》云：「『揀著吟人苦心處，吟時較易揀時難。』大父澗谷翁《題趙慶御手寫唐詩絕句》結語也」云云。又《癸辛雜識續集》上載子遠投後村詩云：「華裾客子袖文過」。《遺集》亦無此兩詩。

筆者按：《瞌睡》詩見收《全宋詩》羅椅名下（第62冊第39217頁），出處同《札記》。「華裾客子袖文過」收於斷句部分（第39224頁），出處同《札記》。「揀著吟人苦心處，吟時較易揀時難。」——《全宋詩》未見收錄，可補入。

《題向伯僑吳淞雪霽圖三首》之二：「天上清流雪片，人間名勝吳淞。兩賢相厄已甚，賴得斜陽半峰。」按，《詩

家鼎蠻》卷上錄此首而誤作吳江，《江湖後集》卷九卻不誤。

筆者按：兩處「吳淞」《全宋詩》中都作「吳松」。（《全宋詩》第62冊39222頁）

第 153 則（卷一，第 228 頁）

李之儀《姑溪居士前集》卷十六《又書扇》：「幾年無事在江湖，醉倒黃公舊酒壚。覺後不知新月上，滿身花影倩人扶。」按此陸魯望《和襲美春夕酒醒》詩也，「在」字作「傍」字，「新」字作「明」字。蓋端叔書魯望詩，後人不知出處，誤編入集耳。

筆者按：《全宋詩》第 17 冊第 11197 頁李之儀名下收錄此詩，未知辨正。

第 218 則（卷一，第 321 頁）

謝翱《晞髮集》十卷、《遺集》二卷，清平湖陸大業重刊本。

（行間注）徐樹丕《識小錄》卷三錄謝詩甚多，自言佚稿。

筆者按：《全宋詩》第 70 冊收謝翱詩，其小傳云：「謝翱詩，第一至五卷一明弘治唐文載刻本為底本，校對以明嘉靖程熙刻本、清康熙平湖陸大業刻本、影印文淵閣《四庫全書》本。第六卷以陸大業刻《近稿雜詩》為底本，校以《四庫全書‧晞髮遺集》。」

徐樹丕《識小錄》見收於《涵芬樓秘笈》第一冊，為影印手抄本。《識小錄》卷三收謝翱詩，篇目編次同《近稿雜詩》，但在具體字句上有多處不同，可堪校對。

第 226 則（卷一，第 341 頁）

孫覿《鴻慶居士集》四十二卷

（《隱居通議》）卷十一：「謝法曹詩句『多情未老已白髮，野思到春亂如雲。』見歐詩注，惜不知其何名。」則並《六一詩話》亦未寓目也。《宋詩紀事補遺》卷九十遂據

此增一謝法曹，不知即《紀事》卷十一之謝伯初矣。

筆者按：指出《宋詩紀事補遺》的失誤。

第 246 則（卷一，第 392 頁）

汪藻《浮溪集》三十二卷。

（行間注）《夷堅甲志》十二「汪彥章跋啓」條載汪跋
關景仁謝啓一聯。

《漁隱叢話後集》卷三十七謂彥章集中《霜餘溪上》
四絕，與癩可集中《霜餘溪上》五絕，同者四首。

筆者按：《苕溪漁隱叢話·後集》卷三十七：「苕溪漁隱曰：汪彥
章《龍溪集》有《霜餘溪上》四絕，癩可《東溪集》亦有《霜餘溪上》
五絕，內四絕即《龍溪集》中詩，但一絕不是，所謂『故人江北江南
岸』者，餘皆同之，不知竟誰作邪。四絕中其一云『水似秋蛇巧作
蟠，山如濃翠擁高鬟。清風明月元無主，乞我煙蘿茅數間。』殊清馼
可愛。」

「水似秋蛇巧作蟠」一首宋時胡仔已不知是歸屬汪彥章還是歸
屬癩可，《全宋詩》收入汪彥章，似可商榷。作兩見詩附錄於後也許
是個更好的選擇。「故人江北江南岸」可補入《全宋詩》癩可詩的斷
句部分。

（行間注）《左庵集》卷八《書浮溪集後》謂卷二十一
《乞詞與宰相第二書》、卷二十九《會於北禪》詩，皆汪聖
錫作，誤收入此集，宜歸《文定集》，卷三十一《嘲人買妾
而病》亦非彥章詩。按，《嘲人買妾而病》乃彥章作。

《宋詩紀事》卷三十六所引《桃源行》、《春日》、《題
大年小景》、《賦琴高魚》、《宿焦山方丈》，此本均佚。《客
亭題跋》卷十一《久雨新霽蚤過松竹道院復以雨歸因用汪
彥章一春略無十日晴之句》，即出《春日》是也。孫星宜《拾
遺》將此等詩皆收入，又據《儀顧堂題跋》自《播芳大全》、
《咸淳臨安志》中采詩若干首，然《宋詩紀事補遺》卷三
十三所採七律二首皆漏去。《聲畫集》卷二有《題賀水部書
畫》七絕五首，亦未收及。

筆者按：上述各詩《全宋詩》皆已補入。

　　卷二十九《詠古》四首：「和也速於售，再獻甘滅趾。在玉庸何傷，惜君兩足耳。」按此四首誤入元遺山集，題作《雜詩》，施北研不知也。

筆者按：這是宋元人詩相混，對於元詩整理也有幫助。

第251則（卷一，第405頁）

　　秦觀《淮海集》十七卷、後集二卷、詞一卷，補遺一卷，道光十七年重刊本。

　　《自作挽詞》（「嬰釁徒窮荒」）按眞摯之作。《年譜》「元符三年」下云：「先生在雷州，自作挽詞，自序曰：『昔鮑照、陶潛皆自作哀詞，讀余此章，乃知前作之未哀也。』信然，所引自序不載集中，何也？」

筆者按：《全宋詩》秦觀收《自作挽詞》，題下有自序。

　　《後集》卷上《自警》，按語意頗俗，惟云：「休言七十古來稀，最苦如今難半百。」尤切今人，少游死才五十二歲耳。《赴杭倅至汴上作》：「俯仰舳艫十載間，扁舟江海得身閑。平生孤負僧床睡，準擬如今處處還。」按《王直方詩話》、《藏海詩話》皆作：「逋欠僧房睡」較佳。《寄公闓》、《呈公闓》等篇皆王禹玉作，見《華陽集》卷三、卷四者，誤收入《後集》卷上。

筆者按：《全宋詩》第18冊12138頁收錄《赴杭倅至汴上作》其「平生孤負僧床睡」，未注明異文，可據補入。

　　（眉注）譚復生《石菊影廬筆識學篇》第七十一則校正淮海《擬題織錦圖》詩誤字，謂當作「悲風鳴葉秋宵長，絲寒縈手淚殘妝。」則迴環可誦，句句葉韻。

第252則（卷一，第410頁）方岳《秋崖先生小稿》三十八卷

　　卷三《春思》云：「小立佇詩風滿袖，一雙睡鴨占春閑。」本之簡齋《尋詩》：「無人畫出陳居士，亭角尋詩滿袖風」。（此詩亦見吳可《藏海居士集》卷下，題爲《偶贈

陳居士》,「無人」作「有誰」)

筆者按：見前一章「《宋詩選注》與宋詩整理」部分。

卷十九《春日雜興》之十二云：「先後筍爭滕薛長，東西鷗背晉齊盟。」本之《誠齋集》卷六《看筍》：「筍如滕薛爭長，竹似夷齊獨清。」又劉後村大全集卷101《題汪薦文卷》云：「《演雅》云『螺贏堯舜父子，鴻雁魯衛兄弟，鬭蟻滕薛爭長，狎鷗晉鄭尋盟』，此即誠齋自作也，何擬之有？」(按汪名詔，此詩輯入《宋詩紀事》卷七十五，又《補遺》卷七十六。又《江湖後集》卷十二誤以秋崖此題各首爲胡仲弓做，《宋詩紀事補遺》卷六十六沿之。)

葉茵《順適堂吟稿》乙集《鱸鄉道院》云：「山林受用琴書鶴，天地交遊風月吾。」易吾字便韻味索然 (**靖逸此篇誤收入《江湖後集》胡仲弓名下**)

筆者按：此首見收於《全宋詩》胡仲弓名下第 63 冊 39832 頁，題作《耕田》；也見收於葉茵名下 (《全宋詩》第 61 冊第 38208 頁，題作《鱸鄉道院》)，兩處皆無重出兩見說明。

第 254 則（卷一，第 424 頁）

仇遠《山村遺集》一卷、《稗史》一卷、附錄一卷，乾隆時項夢昶輯。

（眉注）知不足齋叢書本《湛淵遺稿補》存仁近《武林勝集詠雪得林字》五古（「城中十日雪，山中三尺深」云云。）

遺句「高菏不受雨，傾瀉與低菏。低菏強自持，聚雨傾入波。」(見《桐江集》)

筆者按：《全宋詩》(仇遠) 第 70 冊 44256 頁仇遠斷句部分收錄《桐江集》中的上述斷句。但知不足齋叢書本《湛淵遺稿補》存仁近《武林勝集詠雪得林字》五古（「城中十日雪，山中三尺深」云云），《全宋詩》未收，可補入。

第 255 則（卷一，第 426 頁）

郭祥正《青山集》二十卷、《續集》五卷。……《總目》

云「續集」七卷，此僅五卷。細按其篇什，皆出孔平仲《朝散集》卷二、卷三、卷五、卷六，絕非功甫所作。觀卷一《止謁宣聖廟》五古「悅之以其道，吾祖當亦喜」二語，的然可據。他如「常父」、「清江」之名，兄長之稱，散見詩中，皆前集所未有。抵姑孰而不作歸人語，與《前集》之桑梓念切者迥異，何瞶瞶不辨葊糞耶！

筆者按：《全宋詩》郭祥正詩整理者孔繁禮也指出「《四庫全書》尚有《青山續集》七卷，其中卷一、卷二詩均見《青山集》，卷三至卷七詩均見孔平仲《朝散集》，故不錄。」(《全宋詩》第 13 冊 8728 頁《郭祥正小傳》)

卷二《廬山三峽石橋行》：「銀河源源天上流」，按此詩亦見陳舜俞《都官集》卷十二，題作《三峽橋》，疑非功父作。

筆者按：《全宋詩》第 8 冊 4954 頁陳舜俞名下收此詩，題作《三峽橋》；《全宋詩》第 13 冊 8730 頁郭祥正名下也收此詩。兩處均未有任何說明。

（卷四）《望牛渚有感》第一、三乃五律，誤編入五古（又卷十四《隱靜寺》二首乃七律，誤編入七古）。

《二老堂詩話》卷上謂朱新仲《鄞川志》載郭功甫老人十拗詩云云，集中不見。

筆者按：周必大《二老堂詩話》卷上「老人十拗」條：「朱新仲《鄞川志》載：郭功父《老人十拗》謂『不記近事記得遠事；不能近視能遠視；哭無淚笑有類；夜不睡日睡；不肯坐多好行；不肯食軟要食硬；兒子不惜惜孫子；大事不問碎事絮；少飲酒多飲茶；暖不出寒即出。』」

《全宋詩》第 13 冊郭祥正名下未收錄此詩，可補入。

第 256 則（卷一，第 430 頁）

胡仲弓《葦航漫遊稿》四卷。向在陳起《江湖後集》卷十二中睹希聖篇什，以葉順適《鱸鄉道院》詩（題易為《耕田》）、方秋崖《春日雜興》律詩屬入，陸心源《宋詩

紀事補遺》卷六十六遂沿厥誤，又以秋崖《暑中雜興》絕
句羼入。

筆者按：《全宋詩》胡仲弓詩部分整理比較混亂。四庫館臣刊落的
《耕田》、《春日雜興》、《暑中絕句》都悉數收入，也無兩見說明。

《耕田》（「田可耕兮圃可蔬」）收於《全宋詩》胡仲弓名下第 63
冊 39832 頁；也收於葉茵名下（《全宋詩》第 61 冊第 38208 頁，題作
《鱸鄉道院》），兩處皆無重出兩見說明。

《春日雜興》共十五首，即收於《全宋詩》胡仲弓名下（第 63
冊 39826～39828 頁），也收於《全宋詩》方岳名下（第 61 冊 38379
～38381 頁），兩處皆無重出兩見說明。

《暑中雜興》七絕共 8 首，即收於《全宋詩》胡仲弓名下（第
63 冊 39836 頁），也收於《全宋詩》方岳名下（第 61 冊 38285～38286
頁），兩處皆無重出兩見說明。

> 此乃《四庫全書珍本》本，館臣據《永樂大典》以補
> 《江湖後集》者，卻無《耕田》、《春日雜興》、《暑中絕句》，
> 當是辨其非自家物而刊落矣。然訛字不少，如卷一《石軒
> 席上》之「物我打一塊，天地失形跡」，「塊」字必「片」
> 字之誤。同卷《念昔遊》之「長嘯下山來，一路時膽壯。
> 不知老瞿曇，衲被和頭蒙」，「時」字、「知」字，必「恃」
> 字、「如」字之誤。卷三《寄順適》之「江頭社裏新知己，
> 文字行間舊識君」，「頭」字必「湖」字之誤。同卷《寄李
> 适安》，「李」字必「武」字之誤。同卷《訪枯崖不遇》之
> 「尋曦不值只空還」，「曦」字必「僧」字之誤。雖每冊之
> 首詳校官、覆勘人姓名赫然並列，足見官樣文章之草率了
> 事。

筆者按：這是從文意校對，可參考。

> 卷二《重九日法輪庵次鳳山韻》第二首：「罄中聞午至，
> 石上見寒過。」上句好，下句湊。曾賓谷《國朝江右八家
> 詩選》卷六載汪軔蓽雲《重九日法輪庵》詩，與此全同，
> 蓋汪自錄前人詩，編集者不辨耳。

筆者按：這是辨宋、清詩相混的，對於清詩整理也有幫助。

第258則（卷一，第434頁）

周密《草窗韻語》六卷。

卷一末有李龏（和父）題詞云：「新篇讀到驚人處，一片宮商壓晚唐。」按《江湖後集》卷二十未載此詩。

筆者按：上虞羅氏據宋本影印本《草窗韻語》卷一末確實收錄此詩，題目爲《敬題草窗韻語》，作者爲雪林李龏和父，全詩如下：「短弄長歌擅眾長，朱弦疏越玉鏗鏘。新篇讀到驚人處，一片宮商壓晚唐。」

這首詩《全宋詩》第59冊李龏名下沒有收錄，可補入。

此本凡六稿，稿爲一卷，六稿末一首《甲戌七月》云：「憂時方卹緯，聞詔忽號弓。」蓋謂度宗大行也。是入元以後篇什，均不在阿堵中。故如《佩楚齋叢談》〔註1〕所載《詠燈花》一聯之類，零璣賸羽，有待於好事者之收拾矣。

筆者按：《全宋詩》第67冊42572頁周密斷句部分收錄《詠燈花》一聯。

《西塍秋日即事》：「絡緯聲聲織夜愁，酸風吹雨水邊樓。堤楊脆盡黃金線，城裏人家未覺秋。」按顧俠君《元詩選》二集辛集貢性之《南湖集・湧金門見柳》（田汝成《西湖志會》作《湖上春歸》）云：「湧金門外柳垂金，三日不來成綠陰。折取一枝入城去，使人知道已春深。」（明末徐興公《筆精》卷五以此爲日本人詩，錢牧齋《列朝詩集》閏六沿其訛，《隨園詩話》卷九更以爲李金娥作，益悠謬不可窮詰矣。）

筆者按：此則後收入《宋詩選注》第454頁《西塍秋日即事》注一。

〔註1〕　《佩楚齋叢談》當爲《佩楚軒客談》，《談藝錄》第四十一則末（第141頁）已提到：「《佩楚軒客談》記周草窗杭舍詠燈花云：「繁華不結三春夢，零落空餘寸草心。」

　　《碧梧玩芳集》卷十五有《題周公謹蠟屐集後》、《題
周公謹弁陽集後》，略云：「……吾愛其中有句云：『淒涼怕
問前朝事，老大猶看後世書。』」

　　筆者按：《全宋詩》周密部分未收錄這一斷句，可補入。

第 259 則（卷一，第 438 頁）

　　黃庶《伐檀集》二卷。

　　《小池》「青泉數斛關幽事」……《怪石》「山阿有人
著薜荔」……又按，此二絕句乃亞夫《和柳子玉官舍十首》
之第三、八也。十首亦存《山谷別集》卷下，史季溫有注。

　　筆者按：《全宋詩》第 8 冊 5502～5503 頁黃庶名下、第 17 冊
11602～11603 頁都收了《和柳子玉官舍十首》，兩處都沒有說明兩見
或重出。

第 260 則（卷一，第 441 頁）

　　饒節《倚松老人詩集》二卷。……《普燈錄》卷十二
有傳，載《示眾》詩及偈子各一首，而惜語錄之不傳。今
《示眾》詩（「且道何門不可入，曉來雨打芭蕉濕」云云）
見卷一，題作《示故人》，偈子（「剝剝剝，裏面有蟲外面
啄」云云）則未入集。《墨莊漫錄》、《艇齋詩話》所稱引者
亦多軼出。

　　筆者按：《全宋詩》第 22 冊 14600 頁收偈子（「剝剝剝，裏面有
蟲外面啄」），出處爲宋普濟《五燈會元》卷一六。

　　卷二《過淮》……按此仿鄭文寶《柳枝詞》：「亭亭畫
舸繫春潭……」（《竹莊詩話》卷十七引《詩事》云：「古今
柳詞惟鄭文寶一篇有餘意也。終篇了不道著柳，惟一『繫』
字是工夫，而學者思之。」《復齋漫錄》以此爲張文潛詩，
余檢武英殿叢書本《柯山集》未見，《養一齋詩話》卷五力
持爲文潛作，不知何據。

　　筆者按：《柳枝詞》收於《宋詩選注》鄭文寶名下，關於作者的
爭論見《柳枝詞》注一。

　　《墨莊漫錄》卷五記呂居仁甚稱倚松詩云：「長憶吟時

　　對短檠，詩成重改又雞鳴。如今老矣無心力，口誦君詩繞
　　竹行。」（按集中未收此詩。又《漫錄》卷十載《題骨觀美
　　人圖》一絕，亦未收。）

　　筆者按：上述兩詩《全宋詩》第 22 冊第 14599 頁都收錄，出處
同《札記》。

　　《紫微詩話》載德操作僧後有《送別外弟蔡伯世》詩
　　云：「要做仲尼眞弟子，須參達摩的兒孫」云云，集中不見，
　　《宋詩紀事》卷九十二亦未採。

　　筆者按：四庫本《倚松詩集》卷二《蔡伯世呂隆禮敦智李肅老求
頌二首》其二云：「文章於道未爲尊，爭似無爲實相門。要做仲尼眞
弟子，須參達摩的兒孫。」注：「如何是達摩兒孫之乎者也。」（此則
聶安福師兄指出）

　　（行間注）卷二《遇里人道及鄉閭事作詩寄謝無逸》：
　　「敝貂去國漫西東，聞說鄉閭夢寐中。貴豎裹頭仍納婦，
　　驪駒將子又追風。雲山何處非投老，文史他年不療窮。富
　　貴可求吾亦懶，眼看餘子化王公。」按《艇齋詩話》引後
　　半首，極稱之，作「底處堪投老」，較集爲勝。

　　筆者按：《全宋詩》第 22 冊 14563 頁收此詩，「雲山何處非投老」
句未有異文出校。可據《札記》補入。

　　卷一《次韻應銓詩》：「誰養山中雲，館我雲中寺。山
　　深雲常潤，出戶須芒屨。可憐雲外人，過我一飯去。」按
　　（應銓）當作惠銓，原詩云：「落日寒蟬鳴，獨歸林下寺。
　　柴扉竟未掩，片月隨行履。唯聞犬吠聲，又入青蘿去。」
　　東坡和云：「但聞煙外鐘……」

　　筆者按：惠詮，《宋詩紀事》卷九十一錄作「守詮」，注云：「守
詮，一作惠詮，杭州梵天寺僧。」《竹坡詩話》引東坡和詩、查慎行
《蘇詩補注》卷八《梵天寺見僧守詮小詩清源可愛次韻》注「守詮」：
「一作志詮，又作惠詮。」宋人詩話、筆記大都作「惠詮」，如《冷
齋夜話》卷六、《苕溪漁隱叢話》前集卷五十七、《詩話總龜》後集卷
四十四、《竹莊詩話》卷二十一、《詩人玉屑》卷二十、范成大《吳郡

志》卷四十二等，明釋正勉、性通輯《古今禪藻集》卷七、清陳焯《宋元詩會》卷五十九作「志詮」。「志」當爲「惠」之訛。（此則爲聶安福師兄指出）

> 《艇齋詩話》引德操《贈陳成季持節京西》云：「兩公待公以國士，是時公亦同在門。今日江頭看使節，令人淚濕漢江雲。」集中亦失收。

筆者按：《全宋詩》饒節名下未收錄此詩，可補入。

第 265 則（卷一，第 447 頁）

> 裘萬頃《竹齋詩集》三卷、附錄一卷
> 趙與虤《娛書堂詩話》稱其「雲歸青嶂雨初歇，花臥碧苔春已休」一聯，洵是佳句，不見集中。

筆者按：《全宋詩》第 52 冊 32309 頁斷句部分已收錄這一聯，出處同《札記》。

第 271 則（卷一，第 454 頁）

> 《嚴滄浪先生吟卷》三卷，陳士元編
> 卷二《送趙立道赴闕五十韻》乃五言排律，卻入古詩，更見編次之草率矣。

第 272 則（卷一，第 455 頁）

> 《圍爐詩話》卷五引賀黃公語，極稱方子通《紅梅》詩「春風吹酒上凝脂」之句。按出句爲「紫府與丹來換骨」。全詩見《中吳紀聞》卷五。又《瀛奎律髓》卷二十謂「范石湖《梅譜》已極稱此聯。《艇齋詩話》以爲徐師川十三歲時所作，蓋妄也」云云。
> 又東坡嘲石曼卿《紅梅》詩「綠葉」、「青枝」之語，而此句實自曼卿「未應嬌意急，發赤怒春遲」（曼卿詩全首見《錦繡萬花谷》卷七）

筆者按：聶安福師兄指出：《中吳紀聞》卷五：「方子通紅梅詩膾炙人口，其云：『清香皓質世稱奇，漫作輕紅也自宜。紫府與丹來換骨，春風吹酒上凝脂。直教臘雪無藏處，只恐朝雲有散時。溪上野桃

何足種，秦人應獨未相知。』《瀛奎律髓》卷二十錄方惟深《和周楚望紅梅用韻》後按語：「范石湖《梅譜》稱此換骨、凝脂之聯。曾季狸《艇齋詩話》以爲徐師川十三歲時詩，見知東坡。蓋妄也。慶元中陳剛刊板已著爲方子通。」

第275則（卷一，第457頁）

于石《紫岩詩選》三卷。

（眉注）：強至《韓魏公遺事》引魏公《喜雪》詩云：「危石蓋深鹽虎陷，老枝擎重玉龍寒。」人謂公自任以天下之重如此。（《說郛》64，此詩不見《安陽集》。）

筆者按：此詩見四庫本《安陽集》卷十七《壬子十一月二十九日時雪方洽》。（此則聶安福師兄指出）

第280則（卷一，第466頁）

謝逸《溪堂集》十卷，補遺一卷。

（行間注）《事文類聚後集》卷四十八「蝶」門引無逸斷句云：「身似何郎全傅粉，心同韓壽暗偷香。」《宋詩紀事》卷三十三失之。按，此乃歐公《望江南》詠江南蝶句，「暗」字原作「愛」，《類聚》誤。

筆者按：《全宋詩》謝逸名下收這一斷句，應該刪去。

（眉注）富大用《古今事文類聚》外集卷十三載無逸《寄洪駒父》：「翼翼魯泮宮，國士微無雙。行且立教化，儒風成一邦。」

聶安福按：此見《溪堂集》卷五，又，卷二《寄洪駒父戲效其體》末四句同。

第281則（卷一，第468頁）

李彭《日涉園集》，十卷。

又按《宋詩紀事補遺》卷四十九自《羅湖野錄》卷二引出《贈希廣》詩，而標作者之名曰：「李商老，紹興時逸人。」其鹵莽寨陋多類此。

筆者按：《宋詩紀事補遺》確多有疏漏，此又一例。

　　（眉注）按商老《讀山谷文》亦云：「絳帳老生悲籍湜，傳燈弟子有徐洪。」（《錦繡萬花谷》卷二十六「哀挽」門）此詩不見集中，補遺亦未採摭。

筆者按：《全宋詩》李彭名下已補入全詩，出處同《札記》。

第 286 則（卷一，第 477 頁）

　　左緯《委羽居士集》一卷。王棻輯，亦《台州叢書》後集本。

　　《送許左丞至白沙爲舟人所誤》……按，《詩人玉屑》卷十九黃玉林引前四句，《宋詩紀事》遂誤爲五絕矣。

筆者按：此爲補正《宋詩紀事》。

　　（眉注）《春日曉望》：「屋角風微煙霧霏，柳絲無力杏花肥。朦朧數點斜陽裏，應是呢喃燕子飛。」按，「斜陽」與「曉望」語不合，《宋詩紀事補遺》卷四十六引此作孟大武詩，「曉」作「晚」，「飛」作「歸」，皆勝此本，蓋採之《宋詩拾遺》，《拾遺》所著作者姓名多不可信，如以王績無功爲宋人王闐是也。

筆者按：《全宋詩》第 28 冊 18826 頁左緯名下收錄此詩，題作《春日曉望》，末句爲「朦朧數點斜陽裏，應是呢喃燕子飛。」未有異文出校，也無兩見說明。

　　《全宋詩》第 34 冊 21763 頁孟大武名下也收此詩，題作《晚望》，「飛」作「歸」。也無異文出校，也無兩見說明。

第 288 則（卷一，第 484 頁）

　　蘇子容《蘇魏公集》卷十一《三月二日奉詔赴西園曲宴席上賦呈致政開府太師》第二首：「位冠三公師尚父，躬全五福壽康寧。」自注：劉向云云。蓋早用此解矣。（此詩四首，四庫館臣又誤編入張紫薇集卷七，沿《永樂大典》卷九百十七「師」字誤）

筆者按：《全宋詩》第 10 冊 6399 頁蘇頌名下收此詩，共三首。

　　《全宋詩》第 32 冊 20516 頁張嵲名下也收了這三首詩。兩處皆無任何說明。

第 289 則（卷一，第 486 頁）

曹勛《松隱集》四十卷。

卷二十一至二十二《山居雜詩》皆五言八句；卷二十二雜以五律，蕪冗無足採。

第 292 則（卷一，第 491 頁）

李廌《濟南集》八卷。

（眉注）此集爲李之鼎刊本。凡《宋詩紀事》卷三十二所輯篇什，均已補入。《聲畫集》卷一有方叔題《燕龍圖》、《臨深圖》七絕二首，《紀事》未錄，李氏遂亦漏卻。《後村千家詩》卷十三選方叔《雪霽》五絕，見此集卷四，題作《雪》，無「霽」字。《永樂大典》卷一萬二千四十四「酒」字引《北窗叢錄》載方叔七律。

筆者按：《永樂大典》引方叔詩題作《老歎》，已見首《全宋詩》第 20 冊 13639 頁。

《聲畫集》中所引《題燕龍圖》、《臨深圖》七絕二首，《紀事》未錄，李氏漏卻，《全宋詩》也漏卻。

第 293 則（卷一，第 495 頁）

鄭清之《安晚堂詩集》七卷、《補編》二卷、《輯詩輯文》一卷，李氏宜秋館刊本。

李之鼎跋語雖云「前七卷已有之篇則留題去詩」，然如《補》一之《拙偈調偃溪上人》、《靈隱慧商人惠詩爲古風以贈》皆已見《詩集》卷十一，《補》二之《同黃制屬自延壽寺雨過禪寂寺三友》皆已見《詩集》卷七，蓋未審核也。

（行間注）《育王老禪屢惠佳茗》已見卷六，《乍晴觀蜂房戲占》已見卷十一（四庫本作卷十），《南坡口號》已見卷七。

筆者按：指出宜秋館刊本的重出錯誤。

第 294 則（卷一，第 499 頁）

祖無擇《龍學文集》十六卷，編次凌雜，如卷一標曰：

「古詩十一篇」，而捨《遊眞陽石室》一首之外，皆五言長律，不特卷十一以後以名臣賢士之作，嚴詩編杜集也。

筆者按：這是關於詩歌編次的問題，也涉及宋文的考訂。

第 296 則（卷一，第 503 頁）

趙孟堅《彝齋文編》四卷，館臣據《齊東野語》、《鐵網珊瑚》載葉隆禮《跋子固梅竹譜卷》及本集中《甲辰歲朝把筆》詩，考定子固歿於宋世。《樂郊私語》所記「子昂仕元，來訪。既退，子固使人濯其坐具」一事，不攻自破矣。子固詩修削而不妥帖，情韻殊薄，遠在子昂之下。

筆者按：此則可與《全宋詩》第 61 冊 38661 頁趙孟堅小傳對讀。

第 299 則（卷一，第 505 頁）

洪邁《野處類稿》二卷，附集外詩一卷。

（行間注）按館臣謂世間所行邁集僅有此本，余細訂之，捨《秋日漫興》二七律外，其餘五七古皆朱韋齋詩。《有懷舍弟逢年時歸婺源以詩督之》五古、《逢年與德粲同之溫陵謁大智禪師醫》五古，逢年即朱橡，破綻分明，館臣視若無睹。錢竹汀有跋，亦未著眼。胡退廬收入《豫章叢書》，一仍其訛，可歎也。

按：《全宋詩》洪邁集的整理者沒有注意到洪詩與朱詩的重出問題，見《宋詩選注》。

（眉注）勞格《讀書雜識》卷十二云：「《野處類稿》即《韋齋集》，大典本《斜川集》有誤入洪邁作者」，亦猶劉爚《雲莊集》捨奏議、講義外皆眞西山作也。

集外詩已見《宋詩紀事》卷四十五所輯，他如黃師憲莆陽《知稼翁集》卷七……洪景伯《盤洲文集》卷五至卷七、王龜齡《梅溪先生後集》卷八、卷九多和景盧詩，亦可考見題目及體制。

卷上《秋日漫興》：「一夕西風木葉飛，畫梁落月淡餘暉。銀燈夜照還家夢，金剪親裁寄遠衣。霜信早隨新雁至，

素書深訝故人稀。無因爲謝東曹掾，鑪熟尊香莫便歸。」

（二）（按此二首不知何人作，《宋詩紀事》亦引作《野處類稿》）

筆者按：《野處類稿》收《秋日漫興》兩首，這是第二首，第一首：「江湖久客日思家，坐覺微霜上鬢華。節序又催秋後雁，風光爭發雨前花。倦遊已夢莊生蝶，不飲何憂廣客蛇。怪底朝來衣袖薄，一川白露下蒹葭。」

《札記》按此二首不知何人作，《宋詩紀事》亦引作《野處類稿》。

筆者查四庫全書電子版，這兩首詩也見元人陳基的《夷白齋稿》卷七，題作《秋日雜興》，一共五首，上述兩首分別爲第三首、第四首。

（行間注）《夷堅志・支景》卷二「潘仙人丹」條有《和朱子淵石柏詩》七律（「海底靈根石效奇」）。

筆者按：此詩收入《全宋詩》第 38 冊 24007 頁洪邁名下，出處同。

集外詩（按集外詩皆容齋所作）《車駕宿戒幸玉津園命下大雨已而天宇豁然》：「翻手作雲方悵望，舉頭見日共驚嗟。」（《容齋隨筆》卷五）按乃兄景伯《盤洲文集》卷二《山行遇雨》亦云：「翻手爲雲只俄頃，舉頭望日尤精明。」豈弟兄間不嫌蹈襲耶。

（眉注）《廣西通志》卷二百二十四《石屏記》。《事文類聚》載容齋詩文甚多，皆未輯入……富大用《古今事文類聚外集》卷八《送沈虞卿秘監出漕江東》二律（「看君揮手謝送者，使我銷魂惟黯然」……《送通判范朝散秩滿造朝》二首。

《宋詩紀事補遺》卷四十二自《樂平縣志》搜得容齋七律七古一首，自《天台別編》搜得五古五律各一首，皆已見集外詩中。

筆者按：以上諸詩《全宋詩》都已補入。

第 302 則（卷一，第 508 頁）

　　陳杰《自堂存稿》四卷。胡漱唐跋謂「杰，字燾夫，豐城人」，《提要》沿《宋詩紀事》之誤，以為「字燾夫分寧人」。

筆者按：這是糾正《宋詩紀事》與《四庫提要》的失誤，《全宋詩》第 65 冊 41100 頁陳杰小傳作「洪州豐城人」。

第 307 則（卷一，第 520 頁）

　　游九言《默齋存稿》二卷，增輯一卷。誠之乃理學家，《後村大全集》卷百七十六載所作《張晉彥詩序》有云：「近世以來，學江西詩不善，往往音節聱牙，意象迫切，且議論太多，失吟詠性情之本意」云云。自作甚淺嫩。《鶴林玉露》卷二引誠之數聯，此本皆無。

筆者按：《全宋詩》第 48 冊 30130 頁據《鶴林玉露》錄游九言三聯。

第 310 則（卷一，第 520 頁）

　　陳與義《簡齋外集》一卷，皆鱗爪之而無佳者。

　　《早行》：「露侵駝褐曉寒輕，星斗闌干分外明。寂寞小橋和夢過，稻田深處草蟲鳴。」

　　按《梅磵詩話》卷上引此詩謂是李元膺作，而疑張武子蹈襲，「露」作「霧」，「分」作「野」。

　　《詩家鼎臠》卷上載大梁張良臣武子《曉行》云：「千山萬山星斗落，一聲兩聲鍾磬清。路入小橋和夢過，豆花深處草蟲鳴。」與此同。（《南宋群賢小集》第十冊張氏《雪窗小集》即收此詩）

筆者按：見《宋詩選注》部分。

第 317 則（卷一，第 527 頁）

　　程公許《滄州塵缶編》十四卷。

　　王邁序所推《思治行》、《感懷成都十絕》兩作，以為「可與《北征》同工異曲」者已佚去，又稱其「大地眾生愁餓死，清風一饔可能專」則見卷十二《季夏郊墅即事》

第六首，首二句爲「午窗讀倦枕書眠，起拆茶包手自煎」，

「專」作「傳」，疑館臣謄錄之誤也。

筆者按：《全宋詩》程公許部分的整理者，已依據王邁序標出「專」、「傳」異文，見《全宋詩》第57頁35632頁。

（眉注）勞格《讀書雜識》卷十二補《總領戶部楊公挽詩》（誤編入曹彥約《昌穀集》）

筆者按：四庫本《昌穀集》卷一收錄《總領戶部楊公挽詩諱師復字無悔》三首，其中第三首曰：「二昆同唱第，短世不堪言。生晚欣親炙，謙撝過撫存。里門重擁篲，秀野秪空園。零落西歸葉，誰能作九原。」詩後有原注：「先兄伯剛仲遜與公爲同年兄弟仲遜調官臨安又與公同舟泝峽有西歸集唱酬甚富。秀野公家園名也。」

伯剛、仲遜是程公許的兩位兄長的名字，見《滄洲塵缶編》卷十三《送果州使君楊文叔赴召序》，又《四庫總目提要》卷二十七有：「《春秋分紀》九十卷，宋程公說撰，公說字伯剛，號克齋，丹稜人，居於宣化，年二十五登第，官邛州教授。吳曦之亂棄官攜所著《春秋》諸書匿安固山中修之甫成，而卒年僅三十七。是書前有開禧乙丑自序。淳祐三年，其弟公許刊於宜春。」

據上，可以肯定這《總領戶部楊公挽詩》是程公許所作，可以從《全宋詩》第51冊32150頁曹彥約名下剔出，補入第57冊程公許名下。

第318則（卷一，第529頁）

蘇舜欽《蘇學士文集》十六卷。

卷五《寄王幾道同年》，按七言律，誤編入古詩。

筆者按：這是關於詩歌體律問題的辨誤。

第321則（卷一，第534頁）

洪諮夔《平齋文集》三十二卷。

（眉注）觀卷七《示諸兒》詩自序有「某今年五十五矣」云云，此卷第一首詩爲庚寅年作，則紹定三年也。《後村大全集》卷十三《內翰洪公舜俞哀詩》爲甲辰年作，乃

淳祐四年也。是舜俞卒時六十九歲也。

筆者按：這是關於宋詩人生卒年的考訂。

　　《堅瓠廣集》卷二：「皇仲再來天有眼，大昉不去地無皮。」（《抱璞簡記》「皇仲」作「陶使」，「大昉」作「薛公」。）

筆者按：異文出校。

第 322 則（卷一，第 537 頁）

　　《寇忠愍公詩集》三卷。

　　卷中《春日登樓懷歸》：「高樓聊引望，杳杳一川平。遠水無人渡，孤舟盡日橫。荒村生斷靄，深樹語流鶯。舊業遵清渭，沉思忽自驚。」……又按《宋詩紀事》卷四引此詩，「遠」作「望」，「深樹」作「古寺」，不如此本。

　　（眉注）《潘子眞詩話》謂寇萊公詩云：「杜鵑啼處血成花，梅子黃時雨如霧。」賀方回詞所本。按此二句集中不見。

筆者按：《全宋詩》第 2 冊 1001 頁寇準名下收《春日登樓懷歸》，未出校《宋詩紀事》異文。

「杜鵑啼處血成花，梅子黃時雨如霧。」一聯已收入《全宋詩》（第 1043 頁），出處同《札記》。

第 323 則（卷一，第 538 頁）

　　陳舜俞《都官集》十四卷。

　　卷十二《三峽橋》與郭功甫《青山集》卷三《廬山三峽石橋行》全同，玩其筆致，功甫爲近，宜刪。

筆者按：已見第 255 則。

第 325 則（卷一，第 539 頁）

　　陶弼《邕州小集》一卷。此本甚不全，如《瀛奎律髓》卷四所選《公安縣》五律、《後村詩話》所載佳句（《宋詩紀事》卷二十四未全輯）皆不見集中。

　　《瀛奎律髓》卷四謂其詩善言風土，《蠟茶》詩至五十韻（《提要》引《湖廣通志》本此），今亦佚。

筆者按：《公安縣》收於四庫本《邕州小集》。

第 326 則（卷一，第 539 頁）

　　吳可《藏海居士集》二卷。

　　思道身世，《宋詩紀事》、《四庫提要》皆考索未確。按朱緒曾述之，《開有益齋書志》始詳訂之，其弟子吳繼曾復作跋，補所未及。

筆者按：這是關於作家身世的考訂，《札記》爲我們提供了很好的線索。

第 345 則（卷一，第 553 頁）

　　宋伯仁《西塍集》一卷、《續稿》一卷、《海陵稿》一卷。

　　器之詩筆淺露，雖晚唐而非二妙瘦纖之體，偶詼諧可觀。《江湖小集》中所載《雲岩吟草》與此本篇什不盡相符，如《寄呈徐侍郎》云：「北窗誰愛晚唐詩」，《寄鄭貢父》云：「多讀盛唐詩」，《寄林監鎮》云「詩草未諧唐律呂」，皆微宗尚而不見此本者（見知不足齋輯《群賢小集補遺》）。

　　（眉注）此本與《南宋群賢小集》第十四冊《雪岩吟草》篇什相同，第三十二冊有知不足齋輯《群賢小集補遺·雪岩吟草補遺》。

　　《密韻樓叢書》中《忘機稿》共一百首，與此集有出入。

第 347 則（卷一，第 555 頁）

　　袁說友《東塘集》二十卷。起岩雖與誠齋、石湖唱和……尚未成家，筆致輕快而語意滑率，文更蕪淺，《提要》之說不足爲據也。卷二《和周元吉提刑席上得雨韻》三首、《寄中都故人》一首皆七律，誤編入七古。

第 351 則（卷一，第 564 頁）

　　林和靖《和靖先生詩集》四卷

　　（眉注）《海錄碎事》載和靖句，每不見此集中，如卷十九引和靖一聯云：「遞去權應合，封回債已還。」注：「詩

權出薛許昌，詩債出賈司倉。」

筆者按：《御定佩文齋詠物詩選》卷二百十一錄有林逋這首詩，題作《詩筒》：「唐賢存雅製，詩筆仰防閑。遞去權應緊，封回債已還。帶斑猶恐俗，和節不辭艱。酒篋將書麓，誰言季孟間。《全宋詩》第2冊林逋名下沒有收錄這首詩，可以補入。

（眉注）《西湖春日》、《春陰》，皆王安國詩，見《瀛奎律髓》卷十。

筆者按：《西湖春日》：「爭得才如杜牧之，試來湖上輒題詩。春煙寺院敲茶鼓，夕照樓臺卓酒旗。濃吐雜芳薰爐嶹，濕飛雙翠破漣漪。人間幸有簑兼笠，且上漁舟作釣師。」見收於《全宋詩》第2冊1209頁林逋名下，未有任何說明。

《春陰》：「似雨非晴意思深，宿醒率率臥春陰。苦憐燕子寒相併，生怕梨花晚不禁。薄薄簾帷欺欲透，遙遙歌笑壓來沉。北園南陌狂無數，祇有芳菲會此心。」見收於《全宋詩》第2冊1217頁林逋名下，未有任何說明。

又，這兩首詩也見收於《全宋詩》王安國名下，《春陰》收於第11冊7531頁，《西湖春日》見收於7534頁。詩後也沒有任何說明。

第359則（卷一，第573頁）

樓鑰《攻玫集》一百十二卷。

卷一《次韻沈使君懷浮岡梅》、《遊天台石橋》，按二首皆七律；卷二之《題老融畫牛溪煙雨》、《跋袁起巖所藏修禊亭》，皆六言絕；卷三之《范牛》乃七言絕，卷五之《題楊子元琪所藏東坡枯木》乃六言絕，館臣均誤編入古體詩。

第361則（卷一，第580頁）

佚名《詩家鼎臠》二卷，宋末人所錄。

卷上杜耒子野《寒夜》：「寒夜客來茶當酒，竹爐湯沸火初紅。尋常一樣窗前月，才有梅花便不同。」（亦見陳起《前賢小集拾遺》卷二、《後村千家詩》卷七。康熙《御選唐詩》卷三十竟收入此詩，作者為杜小山。此編編次凌亂，

諸臣注釋繁複而漏謬，此詩其一例也。）

筆者按：這是有關唐宋詩相混的。《全宋詩》第 54 冊 33637 頁收錄此詩，出處爲《詩家鼎臠》。

第 363 則（卷一，第 583 頁）

趙汝騰《庸齋集》六卷。攀附道學，詩文皆黏滯。

卷二《秋詞》：「雨放涼飆晚復晴，小窗人亦共秋清。月華網在蛛絲上，錯認疏簾掛水晶。」末二句小有致，頗似日本人畫中景。按此詩亦見《南宋群賢小集》第二冊沈說《庸齋小集》，玩其筆意，乃沈作，館臣誤認耳。

筆者按：這首詩見收於《全宋詩》第 62 冊 38894 頁趙汝騰名下，版本依據四庫輯錄《永樂大典》之《庸齋集》。無兩見或重出說明。

同時，又見收於《全宋詩》第 56 冊 35189 頁沈說名下，版本依據汲古閣影宋本《六十家集》本、校以《四庫全書·兩宋名賢小集》之《庸齋小集》。無兩見或重出說明。

從版本依據上來說，此詩歸沈說合理，或是兩人集子同名，館臣輯《永樂大典》時誤歸趙汝騰。

第 366 則（卷一，第 586 頁）

王邁《臞軒集》十六卷。

卷十四《歲晚》（「月映林塘澹，風含笑語涼」云云）五律是王荊公詩。

筆者按：《全宋詩》第 57 冊 35755 頁王邁名下收錄此詩。詩後無注，無任何說明。

卷十六《和馬伯庸尚書四絕句》（「晴瀾金色漾琉璃」云云，「玉泉山下水潺潺」云云）分明是元人賦（燕）都風物，題目已出石田姓字，何乃羼入，館臣編校之疏陋，可見一斑。

筆者按：馬伯庸是元人，有《石田文集》。《札記》的判斷依據十分充分，這四首詩應該是元人作品。《全宋詩》第 57 冊 35794 頁王邁

部分收錄這四首詩，沿襲了四庫館臣的錯誤。

　　　　卷十六《除夕》：「憶昔都門值歲除，高樓張燭戲呼盧。久依淨社參尊宿。難向新豐認酒徒。天子未知工草賦，鄰人或倩寫桃符。寒宵別有窮生活，點勘離騷擁地爐。」（按此劉後村詩，見《後村大全集》卷一。後村與膧軒唱酬頗多，而後村《千家詩》誤以此屬膧軒，《宋詩紀事》卷六十一沿其誤。《千家詩》之非出後村，即此可證，不特其多選後村詩而已。）

　　　　（眉注）四庫館臣於卷十六《除夕》詩下注云：「自後村《千家詩》補入」，不知適爲所誤。

　　筆者按：《全宋詩》第 57 冊 35785 頁收錄此詩，詩後有原案：「自後村《千家詩》補入。」

　　關於《除夕》（「憶昔都門值歲除」）這首詩的作者，《札記》的判斷是完全正確的。此外，補充一點版本上的依據：現存的較爲罕見的元刊殘本《千家詩》卷四「節候門」《除夕》詩就署名劉後村。

　　《後村千家詩》的版本較複雜，最常見的是清曹寅刊的《棟亭十二種》二十二卷本。這一版本有一缺陷，就是錯漏了大量作者的署名。如棟亭本《千家詩》卷四「節候門」的《除夕》詩收了八首，第一第二首屬名王邁，第三首即是「憶昔都門值歲除」，但作者劉克莊的署名被遺漏了。後人就誤認爲是王邁的詩了。據李更、陳新判斷，四庫館臣可能就是依據了與棟亭本同一系統的版本，所以將此詩定爲王邁名下而緝入《膧軒集》。而《全宋詩》的編者也沒有注意到這個錯誤，沿襲了四庫本《膧軒集》的錯誤。

　　參閱《分門類撰唐宋時賢千家詩選校證》（李更《陳新校正》，人民文學出版社，2002 年版），第 106 頁《除夜》詩（憶昔都門值歲除）〔考證〕：「本篇見《全宋詩》卷 3033，題作《除夕》，出《後村居士詩》卷一。按：亦見《全宋詩》卷 3006 王邁名下，出《膧軒集》卷一六，乃因棟亭本本篇脫漏署名，四庫館臣據前題誤補。」

　　又同卷《元日後一日立春》詩下注云：「自《文翰類選》

補入。」不知《千家詩》卷三亦載其詩。

　　筆者按：《全宋詩》第 57 冊 35786 頁收此詩，題作《元旦次日立春》，附錄原案：「此詩見李伯與《文翰類選》，今補入。」

　　　　又《千家詩》卷四尚有《除夜》七律、絕各一首〔註2〕。卷十有《菊花》七律一首，卷二十有《紅蛛》七絕一首，皆屬朧軒作，何以館臣未補入此集。〔註3〕）（此條是五八七頁上批補）

　　筆者按：這兩首《除夜》未見《全宋詩》收錄。這兩首詩又作朱淑眞作，見《全宋詩》第 28 冊 17970 頁，七絕題作《除日》，七律題作《除夜》，出《斷腸詩集》前集卷七。不知歸屬，或可作兩見詩。

　　　　《梅磵詩話》卷中載實之《嘲輕薄子》詩云：「覆雨翻雲奈爾何，胸中所得亦無多。貌輕匹似霜沾葉，量淺渾如鼠飲河。賣友井中偏下石，叛師室思忍操戈。正緣才小不聞道，難入淵騫德行科。」此集亦佚。

　　筆者按：此詩《全宋詩》沒有收錄，可以補入。

　　　　又《湛淵靜語》卷二載朧軒《自題畫像》云：「早遊諸老門，晚入端平社，即汝朧翁也。入被丞相嗔，出遭長官罵，亦汝朧甕也。誰教汝不曲不圓不聾不啞，只片時金馬玉堂，一向山間林下，然則今日畫汝者，幾分是眞，幾分是假，問天祈活百年，一任群兒描寫。」此亦亡佚。

───────────

〔註2〕　《除夜》（七絕）：「爆竹聲中臘已殘，酴酥酒暖燭花寒。朦朧曉色籠春色，便覺風光不一般。」
　　　　《除夜》（七律）「窮冬欲去尚徘徊，獨坐頻斟守歲杯。一夜臘寒隨漏盡，十分春色破朝來。桃符自寫新翻句，玉律誰吹定等灰。且是吟詩人未老，換年添歲莫相隨。」

〔註3〕　《菊花》：「弱幹簪頭大，鮮葩蠟樣黃。攜來煩稚子，喜甚見重陽。擬與浮花並，看渠晚節香。今朝持供聖，一槩動天皇。
　　　　按：本篇四庫館臣已收入《朧軒集》卷一四，題作《人日設安鑷醮有送梅花一盆四幹直上開花數百顆不減重陽喜而成詩》，見《全宋詩》第 57 冊 35755 頁。
　　　　又《紅蛛》「空裏游絲十丈長」一詩，四庫館臣輯本《朧軒集》失收，《全宋詩》據《千家詩》收入，見《全宋詩》第 57 冊 35797 頁。

筆者按：此詩《全宋詩》沒有收錄，可以補入。

第371則（卷一，第594頁）

《沈氏三先生文集》三十九卷

（眉注）《宋詩紀事》卷二十二輯存中詩漏卻《海州觀放鶻搏兔不中而飛去》五古，見《皇朝文鑒》卷十八。

筆者按：此首《全宋詩》第12冊8008頁沈括名下已收錄，出處同《札記》。

《紀事》自《輿地紀勝》引《在當塗作》（「豹塘春水綠泱泱，謝市煙深柳線長。卷幔夕陽留不住，好風將雨過橫塘。」）亦見《皇朝文鑒》卷二十八，題作《姑熟》（首二句作「新晴渡口百花香，石子池頭鴨弄黃」，「橫塘」作「梅塘」），文義較勝。

筆者按：《全宋詩》第12冊8009頁依據《宋文鑒》卷二十八錄此詩，題作《姑熟溪》，第四句「好風將雨過梅塘」中「將」字下加注「《曲阿詩綜》卷六作將風」出校異文，卻漏了《宋詩紀事》所引《輿地紀勝》的異文，應補入。

《緯略》卷十一引存中《延州石液墨》七絕。〔註4〕

筆者按：《全宋詩》第12冊8013頁收錄此詩，題作《二郎山》，出處爲《夢溪筆談》卷二四。與《緯略》引詩異一字：「化盡素衣冬未老」。

第384則（卷一，第600頁）

利登《骰稿》一卷。李之鼎跋據《隱居通議》考定履道爲南城人，是也。詩亦江湖體，稍有樸質處，不盡作流連光景語。《隱居通議》卷九「利碧澗詩詞」條所引《臨川道上》五古，不見此集。又云：「履道嘗有所屬意者，中更暌阻，賦玉臺體數十篇以寄興。其好句如『羸馬前山東復東，沉沉窗戶鎖愁紅。春風一把相思骨，又落江南煙雨中。』

〔註4〕 筆者按：「二郎山下雪紛紛，旋卓穹廬學塞人。化盡素衣今未老，石煙多似洛陽塵。」

『濃綠千竿滑欲流，春風疑只在池頭。相思一夕天相似，
望斷西南四百州。』」此集有《玉臺體》四首，無此二篇。
李之鼎《跋》中引《通議》而竟未據以補入，想見草率。

筆者按：《臨川道上》、《玉臺體》兩首（「羸馬前山東復東」、「濃
綠千竿滑欲流」）都已補入《全宋詩》（第63冊39728頁）利登名下，
出處同《札記》。

第386則（卷一，第602頁）

晏殊《元獻遺文》一卷，胡亦堂輯：《補編》三卷，勞
格輯（按即本《讀書雜識》卷十二所編）；《增輯》一卷，
李之鼎輯。

（眉注）《事文類聚》前集卷二十九「朝謁」門《初秋
寓直》七律、新集卷二「太傅」門《張太傅生日》七律。

筆者按：《全宋詩》第3冊1961頁晏殊名下收《張太傅生日詩》，
出處同札記。《初秋寓直》收於第1943頁，題作《初秋宿直》。

（眉注）《緯略》卷五引晏元獻詩：「春寒欲盡復未盡，
二十四番花信風。」卷八引晏元獻詩：「青帝回風初習習，
黃人捧日故遲遲。」李璧《王荊文公詩箋注》卷九《出鞏
縣》注引詩四句。

筆者按：《緯略》所引晏殊斷句皆收入《全宋詩》（第3冊1967
頁）。

李璧《王荊文公詩箋注》卷九《出鞏縣》注引詩四句：「人來人
去市朝變，山後山前煙霧凝。縈帶二川河洛水，寂寥千古帝王陵。」
這四句詩的題目是《題鞏縣西門周襄王廟》，收入《全宋詩》（第3冊
1945頁）

增輯《晚春》：「小白長紅又滿枝，築球場外獨支頤。
春風自是人間客，主張繁華得幾時。」按李氏本《事文類
聚》前集卷八輯出此詩，《類聚》明作叔原，不知何以誤為
元獻之作也。此詩乃叔原作，《侯鯖錄》、《獨醒雜志》記其
本事班班可考。《能改齋漫錄》卷八並謂「山谷少時有《感

春》詩云:『風光不長妍,如客暫時寓。』李氏竟未之知
見。」

筆者按:《全宋詩》已將這首歸入晏殊的存目詩。

又《漫錄》(《能改齋漫錄》)卷六載元獻《和宋子京召
還學士院》五律,有二首,勞氏《補編》卷二僅輯入一首,
李氏亦未補。

筆者按:這是糾正勞格與李之鼎的遺漏,《全宋詩》已收入(第
3冊1942頁)。

(眉注)《宋景文集》和晏尚書詩甚多,可考題目;《梅
宛陵集》亦然。

第389則(卷一,第603頁)(顧嗣立《元詩選》)

戴表元《剡源文集》卷二十九《夜坐》:「愁鬢丁年白」
(卷二十九)(按此乃唐彥謙詩,見《全唐詩》。同卷《丁
亥歲除前二日書事》「索索寒搜客」一律,亦見彥謙詩,
題作《歲除》。

(行間注)青鶴第三卷第十四引徐沅《白醉揀話》考
定《剡源集》誤入唐彥謙詩甚詳,共五、七律十二首。

《養一齋詩話》卷四稱沈石田《落花》警句莫過於「萬
物死生寧離土」(按陳仁錫編《沈石田先生集》「七律」三
《落花》三十首,無此首,《列朝詩集》丙八載之。

第392則(卷一,第613頁)

馮山《馮安岳集》十二卷。詩皆獷直無足觀,惟附載
范鎮等贈答之作可補《宋詩紀事》。

第394則(卷一,第613頁)

吳則禮《北湖集》五卷。

《誠齋集》卷一百十四《詩話》記尤延之稱子副三絕
句(編入此本卷四),確佳。《四庫提要》據《大典》載韓
子蒼《北湖集序》考定子副歿於宣和辛丑,而絕句語意類
高宗時作,疑誠齋誤憶是也。其風格亦絕不肖,故未錄。

筆者按:《全宋詩》第21冊14333頁吳則禮名下把三首中的一

首（「華館相望接使星，長淮南北已休兵」）刪除了，保留了其餘的兩首。

第 395 則（卷一，第 395 頁）

賀鑄《慶湖遺老集》九卷，《補遺》一卷，《拾遺》一卷。

（眉注）《老學庵筆記》卷五：「賀方回作《王子開挽詞》『和璧終歸趙，干將不葬吳』者，見於秦少遊集中。子開大觀乙丑卒於江陰而返葬臨城，故方回此句為工，時少游已沒十年矣。」按此首見《補遺》中，乃《王迥子高挽詞》第五首，「璧」作「氏」字。

筆者按：《全宋詩》第 19 冊 12612 頁賀鑄名下收錄此詩，題下有按語：「此詩一作秦觀詩，見《淮海後集》卷三，題作《悼王子開五首》。

《全宋詩》第五首沒有給出異文，顯然沒有注意到《老學庵筆記》卷五的這段論證。

《聲畫集》卷一載方回《題寇萊公真》七律、《內翰出龍眠居士寫真圖》七律，此集及《補遺》《拾遺》皆未收。

筆者按：此二首《全宋詩》第 19 冊 12613 頁已收，出處同《札記》。

第 397 則（卷一，第 618 頁）

曹彥約《昌谷集》二十二卷。

卷三《偶成二十一首》……按《慈湖遺書》卷六《偶作》十九首，昌谷此作與之全同，而次序倒易，又刪節去半首，刪去一首，併入《偶成》兩絕句。

筆者按：這又是大面積的重出，《全宋詩》編者沒有發現這一問題。

《全宋詩》第 51 冊 32184～32185 頁曹彥約收《偶成》21 首，《全宋詩》第 48 冊 30083～30084 頁楊簡名下收《偶作》19 首。其中完全重出的有 17 首。另外楊簡《偶作》第 11 首的前半首（四句）

與曹彥約的《偶成》第 21 首全詩重出〔註5〕；楊簡《偶作》第 18 首前八句與《全宋詩》第 51 冊第 32135 頁曹彥約名下的《偶成》全詩重出。〔註6〕

　　（眉注）勞格《讀書雜識》卷十二云：刪《總領戶部楊公挽詩》（程公許作）、《謝撰攀龍臺碑蒙賜物表》（李嶠作，見《文苑英華》卷五百九十二）。

筆者按：見第 317 則。

第 399 則（卷一，第 620 頁）

　　李彌遜《筠溪集》二十四卷，樂府一卷。

　　（行間注）《夷堅甲志》、《梅磵詩話》卷十引似之《小雲堂》七律，與世傳清世宗「可惜當年一念差」（見《蕉廊脞錄》卷五記阿其那子抄本、《翁文恭公日記》丙戌十月錄《西山慈善寺有人題壁》十首作『惱恨當年一念差』）一絕相似。《夷堅甲志》載似之《小雲堂》七律（「老子當年一念差，肯將簪紱換袈裟」），《梅磵詩話》卷十引之以考《後村詩話》，此集失收。（矗安福按：四庫本《後村詩話》卷三：「李侍郎似之詩云：『老子因何一念差，肯將簪紱換袈裟。』」

筆者按：這是清詩與宋詩的相混或者仿作，《全宋詩》第 30 冊19344 頁收錄此詩，第一句爲「老子何因一念差」出處《夷堅丁志》卷一二，未有異文出校。

第 573 則（卷一，第 623 頁）

　　虞儔《尊白堂集》六卷。

　　卷三《讀白樂天詩集》云：「詳觀白傅一篇詩，長日何須一局棋。字細縱然勞眼力，理長尤是契心期。誇張歌酒渾相似，消遣窮愁亦自知。大節更思公出處，寥寥千載是吾師。」卷四《以長慶集送潘接伴》云：「樂天長短三千首，

〔註5〕也就是札記所說被刪節去半首。
〔註6〕也就是札記所說被刪去的那首詩。

唐室聲名四百年。大字正堪遮老眼，向來刻畫恐無傳。」
《余在吳門再刊此集》云：「妙處由來識者難，詩盟千載不
應寒。牙籤縹帙重拈出，付與詩人仔細看。」壽老與樂天
曠世賞音可以見矣。「一篇」疑當是「一編」。《送潘接伴》
疑有兩絕，「余在吳門載刊此集」八字應作第一首自注，必
非題目。四庫館臣編校不精多類是。

筆者按：《札記》的推斷非常合理。《全宋詩》第 46 冊 28462 頁
收了《以長慶集送潘接伴》、《余在吳門再刊此集》，沿襲了四庫館臣
的錯誤。

又勞格《讀書雜識》卷十二考定《自雲門還泛若耶溪
入鏡戶寄院中諸公》詩見《會稽掇英總集》卷十四，皆宜
刪。

筆者按：《全宋詩》第 46 冊 38565 頁收錄此詩，當從《讀書雜識》
刪。

第 577 則（卷一，第 634 頁）

廖剛《高峯文集》十二卷。

《夷堅甲志》十載用中《詩戲》云：「二十年前錄辟雍，
而今官職儼然同。何當三萬六千歲，趕上高陽魯國公謂蔡魯
公也。」

筆者按：此詩《全宋詩》第 23 冊廖剛名下未收入。

第 582 則（卷一，第 642 頁）

晁沖之《具茨先生詩集》十五卷。

卷三《復以承晏墨贈法一》，按此即《紫微詩話》所稱
者，秀健可喜。《宋詩紀事》卷三十三據《紫微詩話》錄此
詩，遂誤以題爲《廷珪墨詩》，而結句之「更寫西天貝葉書」
亦不可解矣。

筆者按：這是糾正《宋詩紀事》的錯誤。

第 583 則（卷一，第 645 頁）

李復《潏水集》十六卷。

此爲《關隴叢書》本，脫誤極多，《贈朗上人》、《贈寧

公》諸詩（王元之作），似已遵勞季言《讀書雜識》卷十二之說刪去，而《贈張萬戶征閩凱還》（元人李復作）則仍見卷十六。

筆者按：《贈朗上人》（「淨剃霜髭展舊眞」）收於王禹偁《小畜集》，還收於王之道《相山集》卷十二。

《全宋詩》第 19 冊 12485 頁李復名下收《贈張萬戶征閩凱還》（「瘴煙蠻雨遠蔽空」）。元人李復有《贈張萬戶征閩凱還》（「瘴煙蠻雨遠蔽空」）（見《大雅集》卷七）。

第 584 則（卷一，第 646 頁）

戴復古《石屏詩集》十卷，弘治時馬金汝礪編本。卷首冠以石屏父戴敏敏才東皋子詩十首。卷九、卷十則自宋之戴昺以至明之戴通所作詩也。此本中篇什與《中興群公吟稿》戊集卷一至卷三所收石屏詩互有詳略：此本卷四《哭澗泉》二首，第一首自注云：「聞時事驚心，得疾而死，作『所以桃源人』，『所以商山人』，『所以鹿門人』三詩，此絕筆之詩也」（《澗泉集》卷四《懷古》只存兩首，『所以鹿門人』一首佚），《吟稿》所無。而同卷「春水渡傍渡，夕陽山外山」一首題目只作《世事》，《吟稿》則題目甚長。（詳見《談藝錄》第二百十九頁至二百二十頁。）他日當一一參稽。（六四六頁上批補：《南宋群賢小集》中之《石屏續集》卷三有《哭澗泉》詩及自注，又「春水渡傍渡」一詩長題）

筆者按：這是戴復古詩集的版本比較。所提到的詩歌都已收入《全宋詩》戴復古名下。

第 585 則（卷一，第 650 頁）

宋庠《元憲集》三十六卷。《提要》謂《文獻通考》云一作《湜中集》。「湜中」二字不可解。觀卷三十六《緹巾集記》，乃知形近致誤，館臣於本集文字瞠若無睹，遂不能是正清訛，殊可笑也。

卷二《予自到嶺外居嵐瘴中未嘗不以先死對治今歲在

海外遇寒食偶成此詩》，按劉師培《左庵集》卷八《元憲集書後》謂此詩及卷二十《神州防禦御使錢景臻志》、卷三十六《成都文翁祠堂碑銘》「皆他人作，誤收入集」，是也。捨《文翁祠碑》定爲景文所作外（見《景文集》卷五十七），餘均未能得主名，余考定此詩乃李泰發作，見《莊簡集》卷二（參觀第五百三十八則）。勞季言《讀書雜識》卷十二亦考定此詩爲李莊簡作，疑《錢景臻制》爲王震作，又據《寇忠愍公詩集》載《贈溢浩》及《雞肋編》卷下考定《贈太傅中書令寇準可諡忠愍制》爲丁度作。

筆者按：勞格、劉師培、錢鍾書都定《予自到嶺外居嵐瘴中未嘗不以先死對治今歲在海外遇寒食偶成此詩》爲李光作，《全宋詩》第4冊2307頁宋庠名下這首詩被歸入「存目」部分。

　　卷十一《休日》：「枉自胸中無塊壘，可能皮裏有陽秋。」按，此詩亦見《景文集》卷十三，「無」字作「存」字，題作《歸沐》。

筆者按：《全宋詩》第4冊2249頁宋庠名下收《休日》（「彌旬出沐道山頭」），詩後無兩見說明。《全宋詩》第4冊2439頁宋祁名下也收此詩，題作《歸沐》，詩後無兩見說明。

　　卷十二《赴鄭出國門經西苑池上》：「長楊獵近寒熊吼，太液歌餘瑞鵠飛。」按，《苕溪漁隱叢話》前集卷二十引《西清詩話》載此聯，「近」作「罷」；「歌餘」作「波聞」。

筆者按：《全宋詩》第4冊2261頁《赴鄭出國門經西苑池上》據《永樂大典》出校異文。

　　《重展西湖》：「綠鴨東陂已可憐，更因雲竇注西田。鑿開魚鳥忘情地，展盡江河極目天。向夕舊灘都浸月，過寒新樹便留煙。使君直欲稱漁叟，願賜開州不計年。」按，《侯鯖錄》卷二載此詩全首，有數字異，如「過寒」作「過寒」是也。《宋詩紀事》卷十一錄此詩實自《侯鯖錄》來，而注曰《西清詩話》，《詩話》僅引三四而已，《詩林詩話》以「樹」爲「木」，「留」爲「生」。

筆者按：首先這是糾正《宋詩紀事》的錯誤。其二，《全宋詩》第 4 冊 2267 頁收錄此詩，未見異文出校。

卷十三《世事》：「世事悠悠未遽央，虛名真意兩相忘。休誇失馬曾歸塞，未省牽牛解服箱。四客高風輕楚漢，五君新詠棄山王。秋來數有漁樵夢，多在箕峰潁水旁。」按，《瀛奎律髓》卷六選此詩，脫去題目與姓名，遂似楊文公《書懷寄劉五》之第二首矣，又「數」字誤作「安」字，紀批云：「『四客』當指四皓。」然四皓與楚無涉，未免添出，「安」字恐誤。又按，卷十四《偶觀竹林七賢畫像》亦云：「山王偶而兼榮遇，不得延年贈短章。」即此詩第六句之意。《浦城遺書》本《武夷新集》卷五無此詩，可徵虛谷疏誤。梁退庵反補之逸詩文內，失之未考也。「楚漢」何不易為「漢武」，庶幾與「山王」對偶不偏枯。

筆者按：《瀛奎律髓》多處出現脫漏題目、作家姓名，此為一例。

《全宋詩》第 3 冊 1419 頁依據《瀛奎律髓》收錄了《書懷寄劉五》，沿襲了梁退庵的錯誤。

高似孫《緯略》卷四亦引之，又卷九「上雍」條引宋元憲詩「積高人上雍，昭配禮從周」，卷十一「詩用六經字」條引宋元憲詩「花寒陰鶴警，霜早腐螢疏。」此集皆未收。

筆者按：《全宋詩》第 4 冊宋庠詩正文與斷句部分都未見錄。

《麈史》卷下載元憲改名字，李獻臣不知為誰。元憲書一絕云：「紙尾何勞問姓名，禁林依舊玷華纓。欲知七略稱臣向，便是當年劉更生。」（《苕溪漁隱叢話》前集卷二十六引《西清詩話》載元憲《答葉清臣》絕句異八字，《靖康緗素雜記》卷九所載略同）《宋詩紀事》卷十一採自《合璧事類》及《揚州府志》之《挽詞》四律、《山光寺》五古一首，此集亦遺去。

筆者按：《全宋詩》第 4 冊 2303 頁收錄了《西清詩話》中提到的這首絕句，題為《答葉道卿》，出處為宋委心子《新編分門古今類事》

卷 20 引《西河清話》。

《山光寺》見收於《全宋詩》第 4 冊 2304 頁，題作《季秋曉出題山光寺》，出處爲《揚州府志》卷 19，《挽詞》四律未見錄。

> 卷十五《小園》：（「小園煙草接鄰家」）
>
> 按，風格詞意皆似南宋人語，絕非元憲作。此放翁詩也。《劍南詩稿》卷十三「強敵」作「殘虜」。放翁方鄉居治圃，同卷有《疏圃》絕句七首、古一首，《灌園》一首（「少攜一劍行天下，晚落空村學灌園」）。

筆者按：《全宋詩》第 4 冊 2299 頁收錄了這四首《小園》絕句，未有重出說明。這條收入《宋詩選注》。

第 592 則（卷一，第 660 頁）

> 宋祁《景文集》六十二卷，《拾遺》二十二卷。子京詩駢文體格與乃兄同，而筆力較沉著開拓，律詩時有義山學杜之致。《拾遺》出孫星華手，頗爲審慎，惜重出之作芟雜未淨（如卷四《將還都寄獻臣》見四庫本卷十三，《冬日城樓駐望》已見四庫本卷十六，題作《冬眺》，《清明置酒西園》已見四庫本卷十七；卷五《和石學士直舍晨興》、《郭仲微見過問疾》二首已見四庫本卷十九；《詠史》四首已見四庫本卷二十二，題作《古意》，《秋夕不寐》一首已見四庫本卷二十二，題作《秋夕不寐》），而逸句零篇亦尚闕漏。

筆者按：這是指出孫星華《拾遺》本與《景文集》重出的錯誤。《全宋詩》也注意到了這一問題，沒有重收。

> 卷七《羅承制自戎州罷歸》、《高亭駐眺招宮苑張端臣》、《嘉祐庚子秋七月予還明年始對家園春物作》、《登齊雲亭》，按四首皆七律，誤編入七古。
>
> 卷八《閱古堂》：「蟹美持螯日，魴甘抑鮓天。」自注：「楊淵《五湖賦》『連沅抑鮓』。」按「沅」當作「瓶」，《墨莊漫錄》、《芥隱筆記》皆作「鱸香抑鮓天」。

筆者按：《全宋詩》第 4 冊 2374 頁收錄《閱古堂》，未出校《墨莊漫錄》、《芥隱筆記》的異文。

又按，《東軒筆錄》卷十一云：「宋子京知定州，作樂歌十首，有云：『聽說中山好，韓家閱古堂。畫圖眞將相，刻石好文章。』韓公聞之不喜。」此集失收。

筆者按：《全宋詩》第 4 冊宋祁詩正文沒有收錄這首詩，集外詩也沒有收錄，可補入。

卷十一《詠酒壺》。按，觀詩，「壺」必「胡」之訛。

筆者按：這是錢鍾書文意上的校對，但不能理解。全詩：「刻像小蹁躚，無情是所憐。客歡迎指過，觸冷寄迴旋。屢轉疑投節，將休似取妍。勞君戡深意，醒者勿須傳。」

《屬疾》之四、五：「天假支離養，人懷寂寞慚。衰容行得老，苦節遂無甘。飛鳥帷宜下，疲驢詎可驂。」「里旅居仍隘，臺家疾見寬。何言漢樸學，正似魯枝官。煦渚藏勞尾，投林戢倦翰。上恩何日報，怯步已蹣跚。」按「魯枝官」當作「楚枝官」，本《韓非子・和氏第十三》吳起說楚王語「損不急之枝官」。

聶安福師兄按：四庫本即作「楚枝官」。

卷十三《觀上朝》：「黃人日映仙盤上，閶闔天隨禁鑰開。」按，《緯略》卷八「雲扶日」條引景文詩：「雲路舊扶黃道日，紫觴深映六符天。」晏元獻詩：「青帝回風初習習，黃人捧日故遲遲。」前一聯此集未收，後一聯據《困學紀聞》亦景文作而此集未收者。

筆者按：《緯略》一聯《全宋詩》第 4 冊 2619 頁已收，《困學紀聞》一聯見《景文集》卷二十四《春帖子詞・皇帝閣十二首》第 6首。

卷十六《祗答太傅鄧國張相公》：「君軒戀結蕭蕭馬，客素愁憑六六魚。」《緯略》卷十二「三十六鱗」條引第三聯，又引「歸從鶴翅六六間」，此集未收。

筆者按：「歸從鶴翅六六間」已收入《全宋詩》第 4 冊 2619 宋祁詩斷句部分。

卷十四《黃注昆仲赴舉》云：「南山書簡偏蒸青。」《緯

略》卷九「竹簡」條引景文詩「此時刀筆吏，慚愧殺青人」，
又「聞道蘭臺有圖籍，故留香粉照蒸青。」前二句見卷二
十一《修竹》，後二句此集未收。

筆者按：「聞道蘭臺有圖籍，故留香粉照蒸青。」《全宋詩》第 4
冊宋祁名下未收錄。

　　　卷十九《進幸南園觀　宿麥詩》：「農扈方迎夏，宮田
　　首告秋。」按《能改齋漫錄》卷一按此二句下有自注：「臣
　　謹按物成熟者謂之秋」云云，此本所無，當補。

筆者按：《全宋詩》第 4 冊 2413 頁已補入自注。

　　　景文詩逸句：《宋詩紀事》卷十一所未收者，捨前舉諸
　　聯外，尚有《侯鯖錄》卷一之「可但魚知丙，非徒字識丁」，
　　《緯略》卷一之「五禽習戲深仙術，萬法觀空證法緣」、「驚
　　猿參喚鶴，伸鳥雜熊經。」（「熊經鳥伸」條）、「度日銜花
　　翻翠鳥，經年支榻養靈龜」（「龜魚」條）、卷五之「野煙射
　　雉樂，春槮養魚肥」（「蟹斷」條）、卷八之「獨憶王筠齋壁
　　詠，玉蟠飛溜入霞箋」（「玉蟾蜍」條），李雁湖注《王荊公
　　詩集》卷二十七《北窗》詩注引「一榻北窗思道友，數行
　　西竺悟勞生」等句。

　　　（眉注）《能改齋漫錄》卷八載《詠叔孫通》七絕（《苕
　　溪漁隱叢話》後集卷二十引作《復齋漫錄》）、卷十一載景
　　文《答利路曹箚》，皆不見集中。

筆者按：《全宋詩》第 4 冊 2617 頁收《詠叔孫通》，出處同《札
記》。

第 593 則（卷一，第 664 頁）

　　　劉敞《公是集》五十四卷，《拾遺》一卷。

　　　卷八《裴殿丞訪別說春秋期歲初復來》，按，五律，誤
　　編入五古。

　　　卷九《代書寄鴨腳子於都下親友》：「予指老無力，不
　　能苦多書。」「後園有嘉果，遠贈當鯉魚。」按此首乃梅聖
　　俞詩，見《宛陵先生集》卷四十二，次以《秋日家居》五

> 律。鴨腳產聖俞故鄉，《宛陵集》屢有古詩詠之，不特卷四
> 十三《宣城雜詩》二十首中有一律而已。

筆者按：《全宋詩》第 9 冊 5688 頁劉敞名下收此詩，未注意到與梅詩重出。另一首梅堯臣的《鴨腳》已被放入存目類。

> 卷十九《晝寢》，按，此荊公詩也。勞季言《讀書雜識》
> 卷十二已言之，館臣並錄李雁湖注，謂爲自注，是並語氣
> 亦不辨也，豈得自稱曰「公」者乎？

筆者按：《全宋詩》劉敞詩整理者已將《晝寢》詩歸入「存目類」。

> （眉注）孔武仲《宗伯集》卷二《柳公詩》爲原父做
> 也（參觀第五百三十三則），有序云：「余自京師南出，過
> 鄢陵興國寺，入金剛院，見原甫判蔡州時題詩四句在壁曰：
> 『寂寞空堂欲暮時，鐘聲斷續雨千絲。此中會有西來意，
> 正復庭前柏樹知。』」按，此詩集中佚去。

筆者按：《全宋詩》第 9 冊 5935 頁劉敞名下已收錄此詩，出處同。

> 《絕句》：「青苔滿地初晴後，綠樹無人晝夢餘。惟有
> 南風舊相識，偷開門戶又翻書。」按，亦見《彭城集》卷
> 十八《新晴》兩絕之一，《事文類聚》後記卷二十一「夢」
> 門。據《後村大全集》卷一百七十四乃貢父詩也。

筆者按：《全宋詩》第 9 冊 5929 頁劉敞詩部分收此詩，題作《絕句》。題下有按語：「此詩又見於劉攽《彭城集》卷一八，題作《新晴》。

《全宋詩》第 11 冊 7308 頁劉攽詩部分收此詩，題作《新晴》。題下有按語：「本題第一首又見劉敞《公是集》卷二九，題作絕句。首句青苔作書苔，末句逕作偷。據《兩宋名賢小集》卷六四、《後村詩話》前集卷二及《事文類聚》後集卷二一，**此爲劉攽詩**。」

兩相矛盾，後者既定爲劉攽詩，那劉敞詩集中的《絕句》只可放入「存目」詩，不宜入正文。

第594則（卷一，第668頁）

劉攽《彭城集》四十卷。

（眉注）勞季言《讀書雜識》卷十二謂宜山《大理少卿李鳴復除大理卿制》（見《平齋文集》卷十六）、《王安石可三司戶部副使張燾可兵部郎中制》（見《臨川文集》卷十五）、《引泉詩睦州龍興觀老君院作》（見《笠澤叢書補遺‧詩》）。

筆者按：《全宋詩》第11冊7119頁收錄《引泉詩睦州龍興觀老君院作》一詩。未注意與《笠澤叢書補遺‧詩》的重出。

《聲畫集》載劉叔贛詩甚多，《宋詩紀事》卷二十六疑即貢父。按其風格語氣亦非臆斷，且每與原父集中題目相合，足徵唱和。此集輯自《永樂大典》，而《聲畫集》中署名叔贛之篇往往而在，如《聲畫集》卷一之《華山隱居圖》見此集卷四，《聲畫集》卷二之《過柏林院贈吉長老有古殿吳道子畫維摩居士》見此集卷十三，《聲畫集》卷三《陝西圖》（「山河從割棄，關輔急堤防。轉益豺狼窟，堪嗟禮義鄉」、「耳目成千古，丹青在一涯」）見此集卷十一，《幽州圖》（「鄙夫平居常歎息，薊門幽都皆絕域。安得猛士守北方，力排胡人復禹跡」）見此集卷七；《聲畫集》卷四《和李公擇題相國寺壁山水歌》見此集卷七，《聲畫集》卷五《蘇子瞻畫松圖歌》見此集卷七，《聲畫集》卷六《次韻酬盛秘丞墨桃》見此集卷十二，《畫雪扇子》見此集卷十，《聲畫集》卷七《次韻蘇子瞻韓幹馬贈李博時》、《畫龍》、《和王平甫韓幹畫馬行》皆見此集卷七，《聲畫集》卷八《畫鶴》見此集卷十。其未見此集者尚有《聲畫集》卷四《山水屏》七古、《題古畫山水障子》（時年六歲）五絕、卷五《於秘叫示郊園棠木圖》七律、《壁畫古槎歌》五古、卷六《同原甫詠秘閣藏古器圖》五律、卷八《同將鄰幾梅聖俞同才學士觀送家書畫》七古（「鄙夫觀書難識字，古文愈野心謂然」）、《楊寺丞書畫》七古、《和原父同江鄰幾過淨土院觀古殿吳道子畫楊惠之塑像及顯生傳當世貴人形骨仁僧鼓琴

作》五古。《公是集》卷七有《華山隱者圖》五古、卷十七
有《同鄰及觀中道家書畫》(「蔡侯江翁與梅伯」)七古、卷
十八有《寒林石屏風》七古(「屏風畫山皆任假」云,蓋於
《聲畫集》卷四《山水屏》所詠爲同一五)、卷二十一有《觀
陝西圖》五律二首(「三年勞將帥,萬里問裘」、「信知秦地
險,未覺漢兵強」),皆可印證。《宛陵集》卷三十八有《劉
原甫觀相國寺淨土楊惠之塑像余解其詫》、《又和原甫鄰幾
過相國寺觀塑像》二詩。

筆者按:這是考訂《聲畫集》收劉攽詩的情況。

卷四《題園樹》,按此乃五律六句者,誤編入五古。

卷七《酴醾軒雨中》,按,此首及同卷《方仕致仕》(「在
家出家古有此,方仕致使吾自蚩」)、《送至使館孫兵部知陝
府》、卷八《送章學士知湖州》、《陳和叔賀蘭溪所居近有信
來言水竹事戲贈》、《傷孫曼叔尚書》、《次韻裴庫部二月二
日遊傅園》、《黃金》、《酷熱》、《二病》,皆七言律,誤編入
七古。卷十三《謝霍丘靜樂》、《途次馬上寄章運判》,格調
與此等無異,故皆編入七律也。

筆者按:這是關於詩歌體裁的考訂。

卷十《和裴庫部諸家雪》,按《侯家》、《山家》、《舊家》、
《獵家》、《樵家》、《船家》各一首,而《海錄碎事》卷一
謂貢父《諸家雪詩》列舉六家外尚有《妓家》。

《考試畢登銓樓》按,此梅宛陵詩也,參觀《談藝錄》
一九七頁。

筆者按:《全宋詩》第 5 冊 3342 頁梅堯臣詩《考試畢登銓樓》
題下有按語——「一作劉攽詩。北宋晁說之《晁氏客話》卷一、南
宋佚名《愛日齋叢鈔》卷三均引其三、四句,云梅聖俞作試官日,
登望有春色,題於壁上。」又《全宋詩》第 7310 頁劉攽詩收《考試
畢登銓樓》,並有按語——「《晁氏客話》、佚名《愛日齋叢鈔》卷三
均作梅堯臣詩。」但按語按錯了地方,被放在了後一首《登樓》的
題下。

第 595 則（卷一，第 671 頁）

　　張九成《橫浦先生文集》二十卷，于恕編《無垢先生橫浦心傳錄》三卷、《橫浦日新》一卷、施德操《孟子發題》一卷。

　　《集》爲門人郎曄所編，即注東坡賦者，消息可參。然《心傳錄》及《日新》中所載詩文皆未採入，豈郎氏未見二書耶。

　　《心傳錄》卷上：「吾友施彥持工於詩，一日見其賦柳有『春風兩岸客來往，紅日一川鶯去留』，不見柳而柳自在其中，語亦工矣。而刁文叔賦《春時旅中》一絕有云『來時江梅散玉蕊，**歸去蘸麥如人深**。桃花只解逞顏色，惟有垂柳知客心。』致思尤遠，不止工也。」按《宋詩紀事》卷四十四採刁氏一首，而漏卻施氏一聯。

筆者按：此則指出《宋詩紀事》的漏收。

第 596 則（卷一，第 673 頁）

　　王禹偁《小畜集》三十卷、《外集》十二卷，光緒廿一年福建據豐潤丁氏本增刊之武英殿聚珍版書。有《拾遺》一卷。《拾遺》凡文三篇，即隱本之勞季言《讀書雜識》卷十二，而《能改齋漫錄》卷十一所載「鼓子花開亦喜歡」一絕、《黽水燕談錄》所載「看人門下放門生」一絕，皆未掇拾，亦見疏略。

——按《宋詩紀事》卷四收此詩，題作《齊安郡作》

《全宋詩》第二冊王禹偁詩，未收錄此詩，可補入。

第 598 則（卷一，第 683 頁）

　　張耒《柯山集》五十卷，《拾遺》十二卷，《續拾遺》一卷。此雖《武英殿聚珍版書》本，而誤字甚多，想見「臣某恭校」云云，皆具文而已，編輯亦未精審。如卷三《採蓮子》乃孫光憲詞，亦作皇甫松詞；卷二十二《古意》亦見夏竦《文莊集》卷三十六；卷二十三《題周文翰郭熙山水》乃晁無咎詩，見《雞肋集》卷二十。《拾遺》兩編均恨

掛漏，《輸麥行》（《宋詩紀事》卷二十六引《蓉塘詩話》，
按《竹坡詩話》亦載之而無序，唯有云「見其親稿，後題
云『此篇效張文昌而語差繁』，乃知其喜文昌如此」）、《書
白樂天詩後》（《苕溪漁隱叢話》前集卷八引）其尤犖犖大
者也。

筆者按：《花間集》卷二有皇甫松《採蓮子》（「晚來弄水船頭
濕」）；《全唐詩》卷762收孫光憲《採蓮子》。《全宋詩》第20冊13031
頁收錄《採蓮子》，沒有任何說明。

《全宋詩》第20冊13260頁張耒名下收《古意》（「樓上珠簾拂
疏網」），《全宋詩》第3冊1817頁夏竦名下也收了這首《古意》，兩
處都沒有任何說明。

卷七《次韻淵明飲酒詩》（《張右史集》卷十），按卷六
如《夜初涼》（卷八）、《今旦》（卷十二）、《冬懷》、《感春》、
《春日雜詩》、《飛雲》（《張右史集》卷十七）、卷八《三伏
暑甚七月八日立秋欣然命酒》（《張右史集》卷十九）、《十
月二十二日晚作》（卷十八）諸篇亦學淵明，皆未為工。
蘇籀《欒城遺言》云：「張十二病後詩一卷，頗得陶元亮
體。」豈謂是耶？有云：「公言張文潛詩『龍驚漢武英雄
射，山笑秦皇爛漫遊』。晚節作詩似稍遜其精處。」此聯今
不見集中。

筆者按：龍驚漢武一聯，《全宋詩》第20冊張耒詩未收錄。

卷十《有感》（《張右史集》卷十二）：「群兒鞭笞學官
府」（二）「南風菲菲麥花落」（三）按《苕溪漁隱叢話》後
集卷三十三引《復齋漫錄》謂後一首用東坡《泗州僧伽塔》
詩意。又按，《宋詩抄》誤以此首入《滄浪集》。康熙時宋
犖定本《蘇學士集》初無此詩。參觀第一百七十九則。

筆者按：《全宋詩》蘇舜欽詩整理者將此詩歸入存目，第6冊第
3960頁。

《秋曉》：「雁聲相應江南北，斗杓欲下天中央。」按，
此篇實七言拗律，與《瀛奎律髓》卷二十五所選《寒食》

一首之體正同。《拾遺》卷三作《寒夜》,《續拾遺》又收入。卷十一《歲後三日》亦拗律。

　　《讀中興頌碑》(《張右史集》卷八):「百年廢興增歎慨,當時數子今安在。君不見荒涼浯水棄不收,時有遊人打碑賣。」按,《獨醒雜志》及《庶齋老學叢談》謂此詩乃秦少游作,時被責憂畏,又持喪,乃託名文潛,故王敬之、茅泮林《淮海集補遺》即收之。《苕溪漁隱叢話》後集卷三十一引《復齋漫錄》記韓子蒼語亦謂是少游作。

筆者按:《全宋詩》第 20 冊 13129 頁張耒名下收錄《讀中興頌碑》,詩後沒有注明重出。

　　卷十二《早作》(《張右史集》卷十五):」鸜鵒夜寒不得面……朦朧初日見山川,吾廬晨起有炊煙。」(「晨」字當從《宋詩抄》作「人」)(參觀卷十四《夏日雜感》之四,見《魚眼鼠鬚錄》)

筆者按:《全宋詩》第 20 冊 13136 頁收《讀中興頌碑》,未有異文出校。

　　卷十八《仲夏》(《張右史集》卷二十四):「雲間趙盾益何畏,淵底武侯方熟眠。」按《苕溪漁隱叢話》前集卷五十一引《王直方詩話》摘此二句,以「雲間」爲「天邊」、「淵底」爲「水底」,猶可説也;以「熟眠」爲「醉眠」,則臥龍爲糟魚矣。

筆者按:《全宋詩》第 20 冊 13208 頁收《仲夏》,未有異文出校。

　　卷二十三《題周文翰郭熙山水》,按此乃晁無咎詩,見《雞肋集》卷二十,題作《題工部文侍郎周翰郭熙平遠》,字句小異,皆以《雞肋集》爲長,兹附注於下:「漁村半落(橋市)楚江邊,林(人)外秋原雨外(川)。誰倚竹樓邀大艑(遺騎竹邊邀短艇),天涯莫色已蒼然。」「洞庭木(葉)落萬波秋,説與南人亦自愁。指點吳淞(江)何處是,一行征(鴻)雁海山頭。」

筆者按：《全宋詩》第20冊張耒13265頁收《題周文翰郭熙山水》，未知與晁詩重出。

卷二十七至三十《同文唱和詩》。按，鄧忠陳、蔡肇、曹福、立功鱗、餘干、柳子文、耿南仲、商倚諸家詩傳世不多，賴此得存一二十首，《宋詩紀事》於各家僅採唱和之作一二首，殊爲草率。卷四十四（《張右史集》卷四十七）《替陳文惠公松江詩》亦可補《宋詩紀事》卷四。

《拾遺》卷三《通海夜雨寄淮上故人》、《泊州（按，當作舟）永城西寺下有感》、《伏暑餽食周一歐效皮陸題》、《園花盛開秬病不能觀》，按四首皆七律，誤編入七古。《效皮陸體》一首，《續拾遺》中重出。

《寒夜》：「暗空無星雲抹漆」按，此亦七律，《瀛奎律髓》卷二十五選入拗字類者，此亦誤編入七古。《律髓》題作《寒食》，與詩意不合，當從《宛丘集》改爲《寒夜》（《續拾遺》中此詩重出，題誤從《律髓》作《寒食》）。

聶安福師兄按：《宋文鑒》卷二十一錄此詩題作《寒夜》

《續拾遺‧曉意》：「城頭清角已三奏……待旦枕戈無＿＿敵，將朝勝服非公卿。……」按，《瀛奎律髓》卷二十五補入，缺字疑是「虜」字。（聶安福按，四庫本《瀛奎律髓》作「怨」字。）

第604則（卷一，第701頁）

李雁湖《注王荊公詩》五十卷，沈小宛《補注》四卷。

卷四十七《汀沙》云：「歸去北人多憶此，家家圖畫有屏風。」雁湖注引逢原《山茶花》詩云：「江南池館厭深紅，零落山煙山雨中。卻是北人偏愛惜，數枝和雪上屏風。」則《廣陵集》失收，然《後村千家詩》卷十六以此爲陶商翁詩，疑雁湖誤也。《陶邕州集‧山茶花》二首，此其第二首。

卷四十八《天童山溪上》云：「溪水清漣樹老蒼，行穿溪樹踏青陽。溪深樹密無人處，唯有幽花度水香。」亦見《廣陵集》卷十一，題作《溪上》，「青陽」作「春陽」，蓋

誤入《廣陵集》者。

　　筆者按：《全宋詩》第 12 冊 8187 頁收《溪上》，題下有注：《臨川集》卷三四《天童山溪上》與本詩同。

　　　　卷十四《過劉貢甫》，雁湖注引張耒《祭貢甫文》云云。按，此乃曾肇作，非張耒也。（見第五百三十三則）

第 603 則（卷一，第 699 頁）

　　梅堯臣《宛陵先生集》六十卷。此爲四部叢刊影印萬曆本，編次尚未精備，如卷二十四《讀蟠桃詩寄子美永叔》明是歐陽修詩（見《居士集》卷二，題爲《讀蟠桃詩寄子美》），詩中切云：「郊死不爲島，聖俞發其藏。」何得羼入。

第 453 則（卷一，第 705 頁）（《南宋群賢小集》）

　　第二十三冊，紹嵩亞愚《江浙紀行集句詩》七卷，亦夾雜唐宋人句，不爲工妥，然宋人集之散失者一鱗片羽賴以保存，向來輯逸無問津者，殊可惜也。如卷一《發長沙》之「落日亂蜩鳴」、卷二《寄湛上人》之「明代誰招隱」者，皆取之希晝。卷二《送客行》之「幽草戀斜陽」取之惠崇，皆今本《九僧詩》所無，毛斧季補遺亦缺網羅。用徐師川語尤多，如卷一《憩江寺》之「波傾三峽急」、《題靈隱》之「非空花片片」、《質保福精舍》之「松風知近寺」、《風扇即事》之「煙疏遠昏昏」、《次韻梓上人》之「閱世臨觀美」、卷二《次韻朋上人東湖精舍即事》之「開徑東湖上」、《贈別顯上人》之「不知從此區」、卷三《寶溪稻種》之「朱門均白屋」、《遊雙徑》之「江山如有味」、《山居即事》之「筍輿船樹色」、又「禪心眞已靜，笑失舊時狂」、卷七《解嘲》之「燒不愁窮老豈愁」、「鏡中贏得鬢成絲」、「鏡中老色日侵尋」，皆《宋詩紀事》卷三十二所未及也。他如祖可、潘大臨、夏倪佚句亦往往遇之。參觀第三百五十九則。

　　筆者按：這是關於斷句收集整理的。

　　　　第二十四冊，永頤《雲泉詩集》

勞格《讀書雜識》卷十二刪《呂晉書著作遺新茶》（見《宛陵集》五十二）、《遊長園觀海棠》（見亞愚《江浙紀行集句詩》七）、《雪中海棠》（見《月屋漫稿》）。

筆者按：《全宋詩》第 57 冊 36000～36001 頁永頤名下收《呂晉書著作遺新茶》、《遊長園觀海棠》、《雪中海棠》，沒有任何說明。據《讀書雜識》，應刪去。

第二十六冊，陳起編《前賢小集拾遺》五卷。

曾茶山詩惟《贈呂居仁》一首（卷四）集中失收。

第三十一冊，卷七，嚴粲。按，見第二十二則。……明弘治本《戴石屏集》卷四《聞嚴坦叔入朝》第一首自注云：「嚴公有詩云『過卻海棠渾未醒，夢中猶自詠梅花』。」又卷五有五律一首，題云《讀嚴粲詩風撼瀟湘覆江空雪月明以其一聯隱括爲對》，按前二句見此本《春晚》絕句，「未醒」作「不省」，後聯今本《華古集》未見。

筆者按：「風撼瀟湘覆，江空雪月明。」這一聯《全宋詩》第 57 冊嚴粲名下未收，可補入。

第三十二冊，知不足齋輯錄《群賢小集補遺》凡十五種，搜輯之功甚勤，然《菊澗小集補遺》中詩半見《中興群公吟稿》戊集，似不必選出重見。《四靈集補遺》未注明出處，實皆取自《瀛奎律髓》耳。

第三十四冊，卷四，趙汝鐩明翁。按，《讀離騷》一首已見《野谷詩稿》卷三，鮑以文未刪去。

第三十九冊，敖陶孫器之。按，卷十九詩如《寄福清翅山舅陳夢實》、《醉歌》等篇都已見第十二冊，鮑以文未刪去。《題三元樓壁詩》仍未收。

卷二十李龏和父……又此本有《飛仙篇用周草窗韻》、《古興四首用周草窗韻》，而《草窗韻語》卷一附載和父題詩卻不見集中。

第456則（卷一，第715頁）

胡稚仲孫《箋注簡齋詩集》三十卷。

卷四《雨》：「一涼恩到骨，四壁事多違。袞袞繁華地，西風吹客衣。」按，卷十五《遊董園》云：「一涼天地德，物我俱夷猶。」實本東坡《穆父新涼》「受恩如負債，粗報乃焚券」。後來許及之《涉齋集》卷一《喜雨次韻翁常之》云：「雷雨急生涼，天恩覺淪肌。」許棐《梅屋詩稿・陳宗之疊寄書籍小詩爲謝》云：「城南昨夜聞秋雨，又拜新涼到骨恩。」吳師道《禮部集》卷七《喜雨》：「涼思到骨蘇中夜。」「思」當「恩」字，刊者不知，妄改。

筆者按：引詩證字。

第 459 則（卷一，第 722 則）

尤袤《梁溪遺稿》二卷、《補遺》一卷。……此爲尤西堂輯本，盛杏蓀《常州先哲遺書》復以《宋詩紀事》卷四十七所摭附益之，而別增搜得若干首。然《淮民謠》已見《宋詩紀事》（《誠齋詩話》稱引其中「去年江南荒」四句，「逐」字不如《紀事》本之「熟」，「住」字勝《紀事》本之「往」。所謂「趁熟」，即《劍南詩稿》卷十九《蕎麥初熟刈者滿野喜而有作》之「逐熟淮南幾誤計」也。又按，《三朝北盟會編》炎興下帙一百四十座《淮南民》，正作「熟」字、「住」字。鄭俠《西塘文集》卷一《流民》云「仍歲蝗旱，走南方趁熟」，又云「只是些小趁熟之人」）。

筆者按：《全宋詩》第 43 冊 26854 頁尤袤名下收《淮民謠》，字句稍異。

至《瀛奎律髓》卷二十、卷二十一所載延之《詠臘梅》、《詠雪》斷句，西堂未網羅，盛氏遂亦遺去，只據《宋詩紀事》所謂自《後村詩話》採出斷句而已，而不知《台州秩滿而歸》兩句、《寄友人》一聯見於《誠齋詩話》稱引（《誠齋集》卷百四十），《後村詩話》初無其語，盛氏筆誤，遂復傳訛。《拄杖》七律，乃滕元秀作，見《瀛奎律髓》卷二十一，次延之《玉簪花》詩之後，西堂牽連誤收，四庫館臣不知別正，盛氏仍沿其誤，是以學貴徵實也。

《梁溪漫志》後有延之跋一首，《補遺》亦遺去，《漫

志》固收入《先哲遺書》者，可謂失之眉睫異。

筆者按：這是糾正盛杏蓀《梁溪遺稿・補遺》的失誤。

第 462 則（卷一，第 728 頁）

胡宿武平《文恭集》四十卷，《常州先哲遺書》本，武
英殿聚珍版本所誤收之文已均刊落，補收之文疑本勞格《讀
書雜識》卷十二來。然芟除尚有未盡者，如卷四《謝惠詩》
七律兩首，體格迥異，有云「語帶誠齋句妙香」，編者知誠
齋爲楊萬里號，疑南宋人作羼入而未敢決；卷五《謝楊丈
叔子惠詩》、《又和前人》七律各一首，亦誠齋體，叔子即
誠齋子，《又和》一首有云「詩中活法無多子」，尤分明道
誠齋，《評園續稿》卷一《次韻楊廷秀寄題渙然書院》云：
「誠齋萬事悟活法，誨人有功如利涉。」《南湖集》卷七《攜
楊秘監詩編登舟》云：「目前言句知多少，罕有先生活法
詩。」蓋當時人所共道，編者未知也。

卷一《彭山贈貫之》五古一首亦不類文恭手筆，風格
是蘇黃以後詩。

筆者按：《全宋詩》第 4 冊 2090 頁胡宿名下收《謝惠詩》、第
2104 頁收《謝楊丈叔子惠詩》、《又和前人》。這幾首都是應該打上問
號的。

第 467 則（卷一，第 735 頁）

許及之深甫《涉齋集》十八卷，《敬鄉樓叢書》本。

黃群自《東甌詩續集》補遺兩首，其中《廢冢》七絕，
乃許棐《古墓》詩，見《梅屋詩稿》，《宋詩紀事》卷五十
三已誤屬及之，黃氏沿誤。

筆者按：《全宋詩》第 46 冊 28455 頁收《廢冢》，出處爲清曾唯
《東甌詩存》卷三，未注意到與許棐《古墓》詩的重出問題。

第 471 則（卷一，第 737 頁）

戴昺景明《東野農歌集》五卷，石屏從孫也。集中數
推尊屏翁，所作亦具體而微，不脫江湖派窠臼，……卷三
《小咥》、《有感》等篇，皆石屏詩（見《石屏集》卷二）

誤收入者。

筆者按：《全宋詩》第 59 冊 36981 頁戴昺名下收《有感》、《小畦》兩詩，《全宋詩》第 54 冊 33498 頁戴復古名下收《有感》、《小畦》兩詩，兩處皆無說明。

卷四《有妄論宋唐詩體者答之》：「不用雕鎪嘔肺腸」

清邵湘南陵《青門詩集》卷一《疏圃集自題》一律與此首只「不用」做「安用」，異一字，蓋蹈襲大膽也。而鄧之誠《清詩紀事》初編卷一錄而稱歎為自道甘苦，蓋不知其正是隨聲學舌耳。

筆者按：這好像超出了宋人詩與清人詩相混的界限，有偷襲的嫌疑。

第 472 則（卷一，第 738 頁）

方夔時佐《富山遺稿》十卷。

卷六五言排律二首，皆五古，館臣鹵莽可笑。

第 474 則（卷一，第 739 頁）

朱翌新仲《灊山集》三卷、《補遺附錄》一卷，《知不足齋叢書》本。

（眉注）勞格《讀書雜識》卷十爾尚有補《廣生堂記》（《至正思明續志》卷十一）、《觀弄獅子》七古（《前賢小集拾遺》卷五）。

筆者按：《觀弄獅子》已收入《全宋詩》第 33 冊 20873 頁朱翌名下。

（行間注）《容齋隨筆》卷十六「靖康時事」條引新仲《憶昔行》二句，集中所無，《補遺》亦未採。《全蜀藝文志》卷二十一載新仲《送吏部張公歸成都》詩並序，詩為五言排律。《容齋五筆》卷三：「朱新仲舍人常云：人生天地間……」

筆者按：《容齋隨筆》的一聯「老種憤死不得戰，汝霖疽發何由瘥」，《全蜀藝文志》卷二十一載新仲《送吏部張公歸成都》詩並序，《全宋詩》第 33 冊朱翌名下都還沒有收錄。

《附錄》，「天氣未佳宜且住，風濤如此亦安歸。」「經年不濯子春足，半月才梳叔夜頭。」此首全詩見《永樂大典》一萬三千三百四十四「示」字，題爲《示江子我》。尚有《示羅教授知監》、《示張子昭》、《中秋示蕭子賤》三首。

筆者按：以上諸詩也尚未收入《全宋詩》第 33 冊朱翌名下。

第 476 則（卷一，第 741 頁）

強至幾聖《祠部集》三十五卷。

卷六《貫麟自睦來杭復將如蘇戲贈短句》，即《瀛奎律髓》卷四十二所選，第四句「孤蹤四海學雲浮」，紀批謂「學」字乃「逐」字之訛，《宋詩紀事》卷十七亦作「逐」字，不知本集原作「學」字，非訛也。以句法論，「逐」字固遠勝「學」字。

第 477 則（卷一，第 742 頁）

任淵《後山詩注》十二卷。

卷十《絕句》：「里中饋杏得嘗新，馬上逢春始見春。勤苦著書如此吏，世間枉是最閒人。」

按，「此」字疑當是「作」字。……又按，《宋文鑒》卷二十八載後山此詩正作「作」字。

《春懷示鄰里》：「斷牆著雨蝸成字，老屋無僧燕作家。剩欲出門追語笑，卻嫌歸鬢著塵沙。風翻蛛網開三面，雷動蜂窠趁兩衙。屢失南鄰春事約，只今容有未開花。」按，後山七律最勁而能腴之作，若「著」字不復，則波瀾獨老成，毫髮無遺憾矣。翁文恭《瓶廬詩稿》附張蘭思補輯一卷，誤以此律收入，分爲兩絕。

（聶安福按語：四庫本第四句作「卻嫌歸鬢逐塵沙」）

第 480 則（卷一，第 754 頁）

王珪《華陽集》四十卷。

《後村大全集》卷一百七十四及五所摘之外，如「朱弦未落黃金撥，玉腕先聞動釧聲」、「奇花深院門門閉，總被春風漏泄香」、「萬年枝上流鶯囀，屏掩春山夢不成」、「歸

來困頓眠紅帳，一枕西風夢裏寒」、「內人爭送秋韆急，風
隔桃花聞笑聲」，皆絕妙好詞也（參觀第六百十六則），而
《宋詩鈔》卷末多誤收入《花蕊夫人詩抄》。

筆者按：這是糾正《宋詩鈔》的誤收。

　　館臣編輯殊草率，以元人王圭等詩屬入，詳見勞季言
《讀書雜識》卷十二。《海錄碎事》引禹玉詩句頗多，當取
校此集。

　　筆者按：勞格《讀書雜識》卷十二「王珪《華陽集》」
條刪詩：《和敬叔弟七月十二夜胡伯恭園池對月即事之
作》」，依據「《元詩選》云：王圭字敬仲宛陵人弟璋字敬
叔。」

《全宋詩》第 9 冊 5951 頁收錄《和敬叔弟七月十二夜胡伯恭園
池對月即事之作》，未有任何說明。

又按：《全宋詩》第 9 冊 6006 頁據《海錄碎事》錄三聯。

　　《寄公闢》：「念昔都門手一攜」《王荊公集》（雁湖注
本卷卅七）、《淮海後集》卷上亦誤收此詩。《瀛奎律髓》卷
五誤以此為鄭毅夫作，稱「『迎』字、『照』字有工」。

第 481 則（卷二，第 755 頁）

　　陳亮《龍川文集》三十卷。

　　卷二十《與朱元晦秘書》：「『樓臺側畔楊花過，簾幕中
間燕子飛』可只作富貴者事業乎？」……按「樓臺」一聯，
乃晏元獻詩，見《青箱雜記》。

第 484 則（卷二，第 484 頁）

　　汪應辰聖錫《文定集》

　　（底腳批）《浮溪集》中誤收文定一文一詩，見第二百
四十九則。《密齋筆記》卷四：汪端明應辰請聞人倅阜民食
牛百葉，謂見《周禮》注：脾析。按集中無此題詩文，脾
析即腉脛，詳見盧紹弓《鍾山札記》卷一。

筆者按：參見第 249 則。

第486則（卷二，第773頁）

王質景文《雪山集》十六卷

卷十二《聞北雁賦》：「凡汝所經，與汝所知，比屋赤子，爲喜爲悲，故老遺民，爲亡爲存。」按用意甚新，而詞未警。鄒浩《道鄉集》卷八《鄰家集射》：「牆東金鼓不停聲，知是將軍奕世孫。莫浪鳴弓向飛雁，一年一度到中原。」（此詩疑非道鄉作，道鄉歿於政和元年也。）……韋安居《梅磵詩話》卷下稱方虛谷集外詩：「何許中原惟雁見，不多吾輩只鷗知。」

《寄題陸務觀漁隱》……按《梅磵詩話》卷中云：「王景文詩云『其翁未了平生事，不了山陰陸務觀。』……」按此詩景文集中不見。

筆者按：《全宋詩》第46冊28899頁收錄這一聯，出處爲《後村詩話》。

卷十四《晚泊東流》：「山高樹多日出遲，食時霧露且霏霏。馬蹄已踏兩郵舍，人家漸開雙竹扉。冬青匝路野蜂亂，蕎麥滿園山鵲飛。明朝大江送吾去，萬里天風吹客衣。」按集中最生峭完整之什，四庫館臣按語謂：「《瀛奎律髓》載此詩，以東流道中爲題。」余檢《律髓》初未錄此詩，《宋詩紀事》卷五十一則載之，謂此《律髓》，豈《律髓》有他本耶？

筆者按：《瀛奎律髓》卷十四載此詩。

《律髓》卷四十二錄景文《留別虞樞密》一首所謂「修造鳳樓須有手，住持烏寺可無人」，後村《續詩話》譏爲幾於自鬻者（見《後村大全集》卷一百七十五），見集卷十四，題作《留別虞丞相》，據後村所言，似此當爲第二首，而「側身江漢歸無所，開眼乾坤見有公」是第一首，館臣了無案語，可見並未檢《律髓》，只自《宋詩紀事》稗販耳。

第494則（卷二，第795頁）

劉過《龍洲道人詩集》十卷

（P797）《梅磵詩話》卷中載：趙善倫季思《多景樓》

詩云：「壯觀東南二百州，景於多處更多愁。江流千古英雄
淚，山掩諸公富貴羞。北府如今唯有酒，中原在望忍登樓。
西風戰艦今何在，且辦年年使客舟。」且曰：「全篇警拔，
江湖間多稱之，或以爲劉改之詩，誤矣。」按可與《陳龍
川集》卷十七《念奴嬌・登多景樓》並傳，風格確似改之，
故《鶴林玉露》卷十七及《吹劍錄》誤爲改之作。《玉露》
以「忍」爲「莫」，「今何在」爲「成何事」，皆較勝，又詳
說此詩之意，有云：「晉人言北府酒可飲，兵可用，今上下
習安玩，仇忘寇，北府僅有酒可飲耳。」又按《宋詩紀事》
卷八十五引善倫此詩，陸氏《宋詩紀事補遺》卷九十二據
《宋詩拾遺》引趙善思作此詩，謬甚。《清容居士集》卷十
三《泊京口追憶舊事》第八首自注亦以此詩爲改之作。

筆者按：《全宋詩》第 25 冊 16660 頁趙善倫名下收此詩，出處爲
《梅磵詩話》。

知不足齋本《斜川集》後訂誤載改之詩四首，《式古堂
書畫匯考》見原跡，只書名而不著姓，誤爲蘇過作，《宋詩
紀事》因之。吳長元謂《金陵上吳開府》二首見改之本
集，因定前二首亦爲改之作。按此二首見《龍洲道人集》
卷八，題作《上吳居父》，《書畫考》載原跡第一首，有自
注，謂吳嘗賦諸葛孔明詩爲世傳誦，今集中無此注，則
「爭似一篇人膾炙，四方傳誦臥龍詩」之語，不甚可解矣。
第二首「廟堂陶鑄人才盡，流落江淮老病身。又踏槐花隨
舉子，思量鄧禹是何人。」今集作「尚踏」、「不知鄧禹」，
小異。

其他《寄如皋葉尉》五律，集未收。《再遊儀眞呈張使
君》七律第三四云：「風月欲談嫌許事，山川不險似人心。」
與集卷四《謁京口張守》第二首三四全同，必是一首，原
跡爲初稿，而集中爲定本，故其餘六句均以集本爲長，吳
氏之訂又得佐證矣。

（P798）《梅磵詩話》卷中載改之代歐陽丞上平章韓侂
胄二絕句、寄曹倅施博士七律，（雲）集不載。

第 495 則（卷二，第 798 頁）

蘇過《斜川集》六卷，附錄二卷，知不足齋本。

勞格《讀書雜識》卷十二考定張侃《拙軒集》中誤收斜川詩一首（《先公守汝陰嘗以詩送都漕路召掛官東歸追和》）宜補入此集。

筆者按：《全宋詩》第 23 冊 15501 頁收錄此詩。

第 498 則（卷二，第 802 頁）

鄭樵《夾漈遺稿》三卷。

鄭方坤《全閩詩話》卷三引《閩書》所載漁仲賦《爆竹》七律，集中失收。

卷一《靈龜潭》：「泉心（按當依《全閩詩話》卷三引《閩書》作聲）漱玉開心孔」。

筆者按：《全宋詩》第 34 冊鄭樵名下未收《爆竹》七律。

第 499 則（卷二，第 804 頁）

鄭獬《鄖溪集》二十八卷，《補遺》、《續補》一卷，湖北先正遺書本。

館臣編輯時制誥中混入韓維、王安石之作，又漏輯《江氏書目記》、《楚樂亭記》兩首，詳見勞季言《讀書雜識》卷十二。《後村千家詩》卷一載毅夫《探春》七絕，卷五載《憫雨》七絕，卷十一載《松》七絕，此集皆無，《補遺》亦漏卻，則勞氏所未及也。

筆者按：指出勞格的疏漏。《全宋詩》第 10 冊鄭獬名下收錄《憫雨》出處為《後村千家詩》，但《探春》、《松》未見錄。

卷二十七《春盡》：春盡行人未到家，春風應惟在天涯。夜來過嶺忽聞雨，今日滿溪俱是花。前樹未回疑路斷，後山才轉便雲遮。夜間絕少塵埃污，惟有青泉漾白沙。按：「夜間」疑當作「道間」，此本誤字甚多。又此題二首，其第二首即《和御製看花賞魚詩》，見《瀛奎律髓》卷五者，館臣之疏可想。

筆者按：《全宋詩》已收錄。

　　《月波樓》:「野色更無山隔斷,天光直與水相通。」
按《竹坡詩話》謂是滕元發詩,《宋詩紀事》卷十九遂沿其
誤。張九臣《橫浦心傳錄》卷上謂是杜詩,而《橫浦日新》
謂是鄭毅夫詩,即「干羽舞而有苗格」之意,今觀此詩風
調勁悍,不遲留,爲毅夫手筆無疑,《竹坡詩話》誤「通」
字爲「連」字,然譏「直」字著力近俗,改「自」字,爲
微蘊藉,則頗知言。

　　《奉詔赴瓊林苑燕餞太尉潞國文公出鎮西都》,按此
篇及同卷《送程公闢給事出守會稽》、《寄程公闢》、《送公
闢給事自青州致政歸吳中》三篇亦見王玉禹《華陽集》(第
一、第二、第四首見卷五,第三首見卷三),風華整貼,自
非毅夫之筆也。《餞文潞公》之「功業迥高嘉祐末,精神如
破貝州時自注用白居易獻裴晉公詩。」《寄程公闢》之「舞
急錦腰迎十八,酒酣金盞照東西」皆見稱於《墨莊漫錄》
卷四,均謂是禹玉詩。《老學庵筆記》卷十謂:王禹玉送文
太師詩「精神如破貝州時」,用白語「聞說風情著力在,只
如初破蔡州時」而加工,均可佐證,所以誤屬毅夫者,勞
季言《讀書雜識》卷十二謂《瀛奎律髓》卷五「升平類」
錄毅夫《和御製賞花釣魚詩》,繼以和前韻一首,復牽連選
餞文公、送公闢等四首,皆漏寫作者姓字,《和前韻》亦即
毅夫作,四庫本誤編爲卷二十七《春盡》二首之第二篇,
後四首宜禹玉詩。卷二十四「送別類」、卷四十二「寄贈
類」者分編,而老耄失檢,遂遺訛數百年耳。(又如《律髓》
卷四十四後山《病起》五律後,《病中》六首乃范石湖,而
漏去石湖之名。紀批遂謂後山佳作,竟不似後山,近姚武
功,而亦不解原人語云云矣。卷二十《黃梅花》、《憶梅花》、
《梅花》三首,乃王平甫,而漏去平甫名,賴原批中點明,
不然,將以爲荊公逸詩矣。卷四:世事悠悠未遽央,乃宋
元憲詩,中脫去題目姓名,遂似楊文公《書懷寄劉五》之
第二首矣。卷十七《苦雨》等詩脫去陸放翁姓名,遂似曾
茶山作矣。)

筆者按：考《瀛奎律髓》失題失作者，有助考訂各人詩集。參見已有各則。

第500則（卷二，第808頁）

米芾《寶晉英光集》八卷，《補遺》一卷。

南宮翰墨流落人間，搜羅不易，此本《補遺》亦殊未備，如《宋詩紀事》卷三十四引《輟耕錄》載《懷南唐硯山》詩，郭天錫《日記》所載《琴》詩，即付缺如。

《獨醒雜志》卷六云：元章喜，作詩以謝之，末章云：「中間有一蕭閒伯，學道登仙初應格。朝元明日拜五光，玉皇應怪鬚眉白……」，此二帖及詩，《補遺》皆未收。

筆者按：以上各詩《全宋詩》第18冊米芾名下已收錄。

第二節　《宋詩選注》與宋詩整理

關於宋詩的整理，錢鍾書在《宋詩選注》的序言中提到：「宋人別集裏的情形比唐人別集裏的來得混亂，張冠李戴、掛此漏彼的事幾乎是家常便飯。」他又說「清代那位細心而短命的學者勞格曾經把少數宋人別集刊誤補遺，儘管他偏重在散文方面，也總是為這樁艱辛密緻的校訂工作很審慎的開了個頭，現在只要有人去接他的手。」筆者閱讀全書後，發現錢鍾書對於宋詩整理的意見隨處可見，現歸納整理為以下幾類：一是補詩；二是互見、誤收詩的考辯；三是具體字句的訂正。其中有些內容對《全宋詩》的修訂有幫助。

一、補詩

P11 王禹偁《寒食》詩注3：王禹偁有首詩，《小畜集》裏沒有收，是把唐人的舊詩改頭換面，寫他貶官在外的心情：「憶昔西都看牡丹，稍無顏色便心闌；而今寂寞山城裏，鼓子花開亦喜歡。」（吳曾《能改齋漫錄》卷十一）

按：《宋詩紀事》卷四收此詩，題作《齊安郡作》

《全宋詩》第二冊王禹偁詩，未收錄此詩，可補入。

　　P56 陶弼《碧湘門》詩注 2：陶弼《公安縣》詩也說：
「遠水欲沉城」，那首詩見方回《瀛奎律髓》卷四，《邕州
小集》漏收。

　　按：《邕州小集》卷一有這首《公安縣》。《全宋詩》依據《陶邕
州小集》收錄此詩。

　　P120 蘇軾《荔枝歎》注 6《苕溪漁隱叢話》後集卷十
一載蔡襄《北苑焙新茶》詩也講到「籃籠」，那首詩是《蔡
忠惠公集》漏收的。

　　按：此詩當爲丁謂作，王兆鵬《錢鐘書〈宋詩選注〉的文獻價值
及文獻疏失》〔註7〕一文已指出。

　　《全宋詩》第二冊 1143 頁丁謂詩部分已收錄此詩，出處同《宋
詩選注》。

　　P139 張舜民小序部分注 1：《瀛奎律髓》卷二十七張舜
民《次韻賦楊花》詩的批語；這首詩亦見祝穆《事文類聚》
後集二十三，是《畫墁集》和《補遺》裏漏收的。

　　按：《全宋詩》張舜民詩第 9705 頁已補錄此詩，題作《柳花》，
出處爲《全芳備祖》前集卷一八。

　　P141 張舜民《村居》詩注 1：《畫墁集》和《補遺》裏
沒有收這首，張邦基《墨莊漫錄》卷六引作舒亶的詩；現
在根據胡仔《苕溪漁隱叢話》後集卷三十引《復齋漫錄》（這
一條也被明人誤輯入吳曾《能改齋漫錄》卷八），歸入張舜
民名下。

　　按：《全宋詩》張舜民部分未收該詩。

　　《全宋詩》第 10400 頁舒亶詩收《村居》，詩後小注：「（出自）
宋張邦基《墨莊漫錄》卷六」。〔註8〕典型的互見詩，可以兩收，但應
注明互見情況。

〔註7〕　見《中國文化研究》2003 年春之卷第 51 頁的「二、文獻疏失」部分
　　　　第二例。
〔註8〕　《兩宋名賢小集》卷九十作舒亶詩、《宋詩紀事》亦作舒亶詩，注明
　　　　出自《墨莊漫錄》。

P172 徐俯小序注 5：《錦繡萬花谷》前集卷二十六「哀挽」門引李彭《讀山谷文》，那是《日涉園集》和《補遺》裏都漏收的。

按：《全宋詩》第 15986 頁李彭詩已補入《讀山谷文》

P225 朱弁小序正文「他只有一部分拘留時期的詩歌收在元好問《中州集》卷十里，程敏政《新安文獻志》甲集卷五十一上也收他的《別百一佂寄念二兄》五古一首，此外沒傳下來多少。」

按：《全宋詩》第 28 冊朱弁詩補錄部分已收《別百一佂寄念二兄》，出處與《宋詩選注》同。

P231 曹勳的小序注八——《竹莊詩話》卷十八引洪邁《夷堅庚志》記許彥國作《燕薊餘民思漢歌》，長近千言，可惜只引了結尾幾句，全詩失傳。

按：《全宋詩》第 18 冊第 12401 頁許彥國詩斷句部分收錄《燕薊餘民思漢歌》，出處與《宋詩選注》同。

P247 劉子翬小序注 9——羅大經《鶴林玉露》卷二引游九言詩，《默齋遺稿》和《補遺》裏漏收。

按：《全宋詩》第 30130 頁游九言詩「斷句」部分已收錄，出處同《宋詩選注》。

P389 王邁小序注三——白珽《湛淵靜語》卷二載王邁自題畫像，那是《臞軒集》裏遺漏掉的。

按：白珽《湛淵靜語》卷二載：「王臞軒邁嘗自贊其畫像云：『早遊諸老門，晚入端平社，即汝臞翁也。入被丞相嗔，出遭長官罵，亦汝臞翁也。誰教汝不曲不圓不聾不啞，只片時金馬玉堂，一向山間林下。然則今日畫汝者，幾分是真幾分是假。問天祈活百年，一任群兒描寫。』」

這是《全宋詩》王邁詩部分未收錄的，可以補入。

P406 劉克莊小序注 2——魏慶之《詩人玉屑》卷十九載劉克莊摹仿李賀樂府三篇（題為《齊人少翁招魂歌》），也就是楊慎《升菴外集》卷七十八所稱讚的三篇，《後村居

士詩集》不收。

按：《全宋詩》第 36752 頁劉克莊詩收《齊人少翁招魂歌》，出處即為《詩人玉屑》卷一九，但卻將三首詩錄成了一首，失誤。

　　　P470 蕭立之《送人之常德》詩注 1──方回在宋將亡未亡的時候做了一首《桃源行》，序文說：「避秦之士非秦人也，乃楚人痛其君國之亡，不忍以其身為仇人役，力未足以誅秦，故去而隱於山中爾。」；詩裏也說：「楚人未肯為秦臣，縱未亡秦亦避秦」（程敏政《新安文獻志》甲集卷五十，《桐江續集》沒有收）

按此首《全宋詩》第 66 冊方回名下尚未補入。

二、誤收、兩見詩的考辯

　　　《宋詩選注》序言第 21 頁

　　　李壁《王荊公詩箋注》卷四十一有一首《竹裏》絕句：「竹裏編茅依石門，竹徑疏處見前村；閒眠盡日無人到，自有春風為掃門。」……這首《竹裏》不是王安石所作，是僧顯忠的詩，經王安石寫在牆上（見《苕溪漁隱叢話》前集卷五十七，又何谿汶《竹莊詩話》卷二十一引《洪駒父詩話》、《錦繡萬花谷》前集卷二十五「隱逸」門）。

按：《全宋詩》第 6689 頁王安石詩部分收此詩，題作《竹裏》，題下有按語：「《苕溪漁隱叢話》前集卷五七引《洪駒父詩話》云是僧顯忠詩。」

　　　《全宋詩》第 7902 頁，顯忠詩收此首，題作《閒居》，出處為魏慶之《詩人玉屑》卷二十。但未注意到該詩的誤收或兩見情況。

　　　P4 鄭文寶《柳枝詞》注 1──見胡仔《苕溪漁隱叢話》前集卷二十四、後集卷三十五、何谿汶《竹莊詩話》卷十七、祝穆《事文類聚》別集卷二十五等；周紫芝《太倉稊米集》卷六十七《書滄海遺珠後》引作：「臨分只待酒初酣，畫舸亭亭繫碧潭，不管波濤與風雨。」云云。也有人說是孫冕或張耒所作，不是鄭文寶的手筆。

　　按：這首詩著作權的歸屬問題較為複雜，我們先看一下《全宋詩》關於該詩的一些整理收錄情況：

　　《全宋詩》第 640 頁鄭文寶詩《絕句三首》收此詩，詩後注明出處：同上書（指宋胡仔《苕溪漁隱叢話》）引《蔡寬夫詩話》。《全宋詩》鄭文寶詩整理者未指出此詩的互見或誤收情況。

　　《全宋詩》第 825 頁孫冕詩未收此詩，亦無存目。**據上可補入兩見類或存目類。**

　　《全宋詩》第 13419 頁張耒詩收此詩，題為《絕句》，詩後有注出處：「宋蔡正孫《詩林廣記》後集卷七」；有按語：「一說唐鄭仲賢作，見《宋詩話輯佚・蔡寬夫詩話》並郭紹虞按語，又見楊慎《升菴詩話》卷八。」

　　這是一首典型的「互見」詩。此詩的作者，從宋代開始，就眾說紛紜：或謂鄭文寶，或謂張耒，或謂孫冕，但都缺乏有力的證據。

　　宋代吳曾的《能改齋漫錄》以為此詩作者為張耒〔註 9〕：《能改齋漫錄》卷十六「載將離恨過江南」條——「東坡長短句云：『無情汴水向東流，只載一船離恨向西州』，張文潛用其意以為詩云：『亭亭畫舸繫春潭，只待行人酒半酣。不管煙波與風雨，載將離恨過江南。」王平甫嘗愛而誦之，彼不知其出於東坡也。」

　　稍後的胡仔對此表示了懷疑，他在《苕溪漁隱叢話》後集卷三十五引了吳曾的話，但立即加了按語表示自己的懷疑：「余以《張右史集》遍尋無此詩。《蔡寬夫詩話》以謂『此詩嘗有人於客舍壁間見之，莫知誰作，或云鄭兵部仲賢（即鄭文寶）也，然集中無之。』二說竟未知孰是。」

　　由上可知，即使在宋代，對此詩做出著作權的判斷已缺乏文獻依據，因為張耒和鄭文寶各自的文集中都未收此詩。

　　對於這類典型的「互見詩」，《全宋詩》在整理時應該指出它的互

〔註 9〕 蔡正孫的《詩林廣記》後集卷七引《泊宅編》亦以為是張耒詩。何汶的《竹莊詩話》卷十七亦據《復齋漫錄》錄作張耒的詩。

見情況。

此外，祝穆的《古今事文類聚》前集卷二十五也收錄了此詩，題作《絕句》，作者孫冕。這一條是《全宋詩》孫冕詩部分漏收的，可補入存目類或互見類。

> P33　梅堯臣《考試畢登銓樓》注一：這首是《宛陵先生集》裏遺漏的詩，誤收入「四庫全書館」輯本劉攽《彭城集》卷十八，現在根據北宋晁說之《晁氏客話》和南宋無名氏《愛日齋叢鈔》卷三訂正。

按：《全宋詩》第 3342 頁梅堯臣詩《考試畢登銓樓》題下有按語——「一作劉攽詩。北宋晁說之《晁氏客話》卷一、南宋佚名《愛日齋叢鈔》卷三均引其三、四句，云梅聖俞作試官日，登望有春色，題於壁上。」與錢先生的注解意見相同。

又：《全宋詩》第 7310 頁劉攽詩收《考試畢登銓樓》，並有按語——「《晁氏客話》、佚名《愛日齋叢鈔》卷三均作梅堯臣詩。」但按語按錯了地方，被放在了後一首《登樓》的題下。

> P79　鄭獬小序正文——「集裏（指鄭獬的《郧溪集》）有幾首堆砌雕琢的七律，都是同時人王珪的詩，所謂鑲金嵌玉的「至寶丹」體，「四庫全書館」誤收進去，不能算在他的賬上的。其中最詞藻富麗的一首《寄程公闢》，在王珪、鄭獬、王安石和秦觀的詩集裏都出現，大約是中國詩史上分身最多的詩了。」

按：先看「中國詩史上分身最多的」《寄程公闢》在《全宋詩》的收錄情況。

《全宋詩》第 5975 頁王珪部分收此詩，題作《寄公闢》，題下有按語：「詩又見《王荊公詩注》卷三七、《郧溪集》卷二七、《淮海後集》卷三」。

《全宋詩》第 5873 頁鄭獬部分收《寄程公闢》（即《寄公闢》），題下有按語：「此詩又見王珪《華陽集》卷三、李壁《王荊公詩注》卷三七、秦觀《淮海後集》卷三。」

　　《全宋詩》第 6766 頁王安石詩部分收《寄程給事》，題下按語：「李璧注：此詩恐非公作。詩亦見王珪《華陽集》卷三、鄭獬《郧溪集》卷二七、秦觀《淮海後集》卷三。《瀛奎律髓》卷五作鄭獬詩。」

　　《全宋詩》秦觀詩第 12158 頁，將《寄公闢》歸入「存目」，且注明「此詩又見王安石《王文公文集》卷五九，題作《寄程給事》，亦見鄭獬《郧溪集》卷二七。」缺了此詩的眞正作者──王珪。

　　宋史卷三百三十一之列傳第九十、卷四百二十六之列傳第一百八十五重複記載了程的生平事蹟。從交遊看，王珪、王安石、秦觀、鄭獬與程師孟差不多都有詩歌唱和 〔註10〕，所以這首《寄公闢》（《寄程公闢》）混入各集都情有可原。李璧注王安石詩集時就已懷疑「此詩恐非公作」；錢先生認爲這首詩「詞藻富麗」，「所謂鑲金嵌玉的『至寶丹』體」，作者當爲王珪，但他沒有給出文獻上的依據。筆者在此補充一條宋人筆記的材料，證實此詩作者確爲王珪。張邦基的《墨莊漫錄》卷四記載了這樣一條：「王禹玉丞相《寄程公闢》詩云：『舞急錦腰迎十八，酒酣玉盞照東西。』樂府《六么曲》有『花十八』；古有玉東西杯，其對甚新也。」

　　此外，《全宋詩》王珪詩第 5985 頁《送程公闢給事出守會稽兼集賢殿修撰》、第 5986 頁《奉詔赴瓊林苑燕餞太尉潞國公出鎭西都》、第 5987 頁《送公闢給事自青州致政歸吳中》題下各有按語題：「詩又

<hr>

〔註10〕秦觀《淮海集》卷八有《別程公闢給事》、《程公闢次韻》。此外，《淮海集》卷二十八有《謝程公闢啓》。秦觀的《淮海後集》卷一有《次韻公闢會流觴亭》、《次韻公闢會蓬萊閣》，卷六有《次韻公闢州宅月夜偶成》等詩。

王安石《王荊公詩注》卷八《送程公闢之豫章》、卷二十六《送程公闢得謝歸姑蘇》、卷二十八《寄題程公闢物華樓》、卷三十《程公闢轉運江西》。此外，《臨川文集》卷七十八有《與程公闢書》、卷八十有《答程公闢議親書》。

王珪《華陽集》卷四有《送程公闢刑部出守南昌》、《送程公闢給事出守會稽》等。

見《郎溪集》卷二七」。

　　《全宋詩》鄭獬詩第 6872、6873 頁分別收了《奉詔赴瓊林苑燕餞太尉潞國公出鎮西都》、《送程公闢給事出守會稽兼集賢殿修撰》、《送公闢給事自青州致政歸吳中》，題下都有按語「此詩又見王珪《華陽集》卷五。」

　　這幾首兩見詩，也許就是錢氏所說的「堆砌雕琢的七律，都是同時人王珪的詩，所謂鑲金嵌玉的『至寶丹』體，『四庫全書館』誤收進去，不能算在他（鄭獬）的賬上的」。但尚缺乏文獻上的依據。

　　　　P88 劉攽《新晴》詩注 1：這首詩見《彭城集》卷十八，
　　也見「四庫全書館」輯本劉敞《公是集》卷二十八，題目
　　是《絕句》；根據劉克莊《後村大全集》卷一百七十四又祝
　　穆《事文類聚》後集卷二十一，是劉攽的作品。

　　按：《全宋詩》第 5929 頁劉敞詩部分收此詩，題作《絕句》。題下有按語：「此詩又見於劉攽《彭城集》卷一八，題作《新晴》。

　　《全宋詩》第 7308 頁劉攽詩部分收此詩，題作《新晴》。題下有按語：「本題第一首又見劉敞《公是集》卷二九，題作絕句。首句青苔作書苔，末句逕作偷。據《兩宋名賢小集》卷六四、《後村詩話》前集卷二及《事文類聚》後集卷二一，**此為劉攽詩**。」

　　兩相矛盾，後者既定為劉攽詩，那劉敞詩集中的《絕句》只可放入「存目」詩，不宜入正文。

　　　　P115 蘇軾《南堂》詩注 1——（南堂）在黃州，下臨
　　江水。這首詩也誤收入秦觀《淮海後集》卷上。

　　按：《全宋詩》秦觀詩整理者徐培君、虞行已將此詩放入存目，見《全宋詩》第 12158 頁秦觀存目詩，題作《無題》。

　　　　P136 孔平仲小序正文——「郭祥正《青山集》續集裏
　　的詩篇差不多全是孔平仲的作品，後人張冠李戴，錯編進
　　去的，就像洪邁《野處類稿》裏的詩篇差不多全是朱熹父
　　親朱松的作品一樣，這一點也許應該提起。」

　　按：《全宋詩》郭祥正詩整理者已注意到郭與孔的詩歌混收的情

況，在《全宋詩》第 13 冊 8728 頁郭詩序言裏已指出：「《四庫全書》尙有《青山續集》七卷，其中卷一、卷二詩均見《青山集》，卷三至卷七詩均見孔平仲《朝散集》，故不錄。」

而《全宋詩》洪邁、朱松詩歌整理者，顯然沒有看過《宋詩選注》的孔平仲小序。

《全宋詩》洪邁詩卷一：第 23984 頁《庚戌正月十四日同友人丁晉年王蔚之謁普照寺》至第 23992 頁《送僧》共計 36 首，與《全宋詩》朱松詩卷一：第 20692 頁《謁普照塔》（即《庚戌正月十四日同友人丁晉年王蔚之謁普照寺》）至第 20700 頁《送僧》36 首，除個別題目或字句有差異外，幾乎完全一樣，所收詩的排列順序也完全相同。

《全宋詩》洪邁詩卷二：第 23993 頁《書僧房》至 24004 頁《次志宏韻督成壽置酒》37 題共 48 首，與《全宋詩》朱松詩卷二：第 20704 頁《書僧房》至 20715 頁《次志宏韻督成壽置酒》38 題 48 首〔註11〕，順序、題目、字句幾乎完全相同。

對於上述詩歌，《全宋詩》朱松、洪邁詩的整理者，都未注明兩見或誤收情況，大面積的重複收錄詩作，硬傷。如果看過《宋詩選注》的這則小序，這樣的錯誤顯然是可以避免的。

> P157 黃庭堅小序結尾──甚至黃庭堅明明是默寫白居易的詩，記錯了些字句，他的崇拜者也以爲他把白鐵點成黃金，「可爲作詩之法」，替他加上了一個「謫居黔南」的題目，編入他的詩集裏。（《內集》注卷十）

按：《全宋詩》第 11396 頁黃庭堅詩有「《謫居黔南》十首」。

〔註11〕一題多首：《古風二首寄汪道明》、《牡丹醲醸各一首呈周宰》、《秋懷六首》、《逢年輿德槩同之溫陵謁大智禪師醫作四小詩送之》。此外，朱松詩卷二的《次韻夢得見示長篇》、《久雨短句呈夢得》原是二題二首詩，四庫館臣的《野處類稿》緝本將後一首的題目漏掉了，成了《次韻夢得見示長篇》一題二首，《全宋詩》承襲了四庫館臣的錯誤。

引出問題：這些作品是否算黃庭堅的創作。

　　P224 陳與義《早行》詩注 1——《南宋群賢小集》第
十冊張良臣《雪窗小集》裏有首《曉行詩》，也選入《詩家
鼎臠》卷上，跟這首詩大同小異：……韋居安《梅磵詩話》
卷上引了李元膺的一首詩，跟這首詩只差兩個字：「露」作
「霧」，「分」作「野」。

按：《全宋詩》第 18 冊 11794～11796 頁李元膺部分收詩十二
首，斷句兩句。但未收韋居安《梅磵詩話》卷上所引的李元膺的這一
首詩，可補入「兩見類」或「存目類」。

　　P246 劉子翬小序注 3——楊簡《慈湖遺書》卷十五《家
記》九批評杜甫韓愈「巧言」、「謬其用心」；又卷六《偶作》
第二首：「咄哉韓子休污我！」第五首：「勿學唐人李杜癡！」
（此數首亦誤入曹彥約《昌穀集》卷三《偶成》）

按：《全宋詩》第 32184 頁曹彥約詩《偶成》第二首、第四首正
是錢氏所指的兩首。該部分的整理者未標明兩見，也沒有任何其他
說明。

　　筆者將《全宋詩》第 48 冊楊簡詩與第 51 冊曹彥約詩對照閱讀，
發現除上述兩首外，還有部分詩歌重出。簡單列舉如下：

　　《全宋詩》第 32184 頁曹彥約詩《偶成》第一首「曩疑先賢嗇於
言」；第三首「雪月風花總不知」；第五首「詩癡正自不煩攻」；第六
首「儒風一變至於道」；第十一首「此道元來即是心」至第二十一首
「有心切勿去鉤玄」；與《全宋詩》第 30084～30085 頁楊簡詩《偶
成》重出。兩部分整理者皆未標明兩見或誤收，也沒有任何其他說
明，失誤。

　　P292 陸游《小園》詩注 1——「原有四首，見《劍南
詩稿》卷十三：同卷還有《蔬圃絕句》七首、《蔬圃》、《灌
圃》、《蔬圃雜詠》等都是同時所作。宋庠《元憲集》卷十
五也有這四首，那是誤收進去的。」

按：《全宋詩》第 39 冊 34538 頁陸游詩收《小園四首》，題下有

編者按語：「此四首又見本書宋庠一四」。

　　《全宋詩》第 4 冊 2298～2299 頁宋庠詩一四卷收《小園四首》，但題下與詩後皆無任何說明。顯然，負責宋庠部分的整理者，並未注意到宋庠詩與陸游詩的重出問題；當然，我們可以斷定，他沒有仔細看過 1958 年就已出版的《宋詩選注》。

　　那《小園四首》到底是誰的詩？我們先看一下陸、宋兩人詩文集的版本問題：

　　關於陸游詩集的版本，擇其要者

　　一：《劍南詩稿》（嚴州刻）二十卷本，即陳振孫《直齋書錄解題》「詩集類」所著錄的《劍南詩稿》二十卷。也有人稱之爲「前集」。這是陸游生前自定，按年編次，於淳熙十四年刻於嚴州郡齋，有陸游門人鄭師尹的序。此版所收詩可信度高，且有宋殘本存世，曾爲黃丕烈所藏，今收於北京圖書館。

　　二：《劍南詩稿》（江州刻）八十五卷本：嘉定十三年陸游長子子虛刻於江州。此刻本亦有宋殘本存世，今亦收於北京圖書館。

　　江州刻八十五卷本具有特殊意義：因爲「現存通行的八十五卷本《劍南詩稿》，是明末常熟毛晉汲古閣刻本，其祖本當即出於子虛的江州刊本，卷數相符，且卷末有子虛）跋文可證。」（錢仲聯《劍南詩稿校注・前言》第八頁，上海古籍出版社 1985 年 9 月第一版）

　　江州刊本的子虛跋文，詳述其編刻過程：「（先君）心固未嘗一日忘蜀也……是以題其平生所爲詩卷曰《劍南詩稿》……後守新定（即嚴州），門人請以鋟梓，遂行於世（即嚴州刻二十卷本）。其戊申、己酉後詩，先君自大蓬謝事歸山陰故廬，命子虛編次爲四十卷，復題其簽曰《劍南詩續稿》，而親加校定，朱黃塗批，手澤存焉。自此至捐館舍，通前稿，凡爲詩八十五卷。子虛假守九江，刊之郡齋，遂名《劍南詩稿》，所以述先志也。」

　　通過這段跋文，我們可以知道，陸游的詩集，無論是嚴州刻二十卷本，或江州刻八十五卷本，都是絕大部分都經作者本人生前手定，

所收詩可信度極高。

　　而《小園》四首收於第十三卷，「此詩淳熙八年四月作於山陰。」（錢仲聯《劍南詩稿校注》卷十三《小園》詩的「題解」部分，上海古籍出版社 1985 年 9 月第一版）經作者兩次手定，當可定爲陸詩無疑。

　　反觀宋庠的詩集，宋庠與其弟宋祁都以文學知名，但詩文集已散佚，現傳《元憲集》四十卷，是清四庫館臣從《永樂大典》中輯得，或館臣誤輯，或《永樂大典》誤收，使《小園》四首誤入《元憲集》。

　　由此可定，《小園》四首，爲陸游詩無疑，《全宋詩》宋庠詩一四卷部分應該將這四首別出，可作「存目」詩附後；而《全宋詩》陸游詩一三卷部分《小園》詩的按語可大膽地定爲「此四詩誤收入宋庠《元憲集》卷一五。」

　　　　P389 王邁小序──王邁（1184～1248）字實之，自號臞軒居士，仙遊人，有《臞軒集》……《臞軒集》裏混進了若干旁人的作品，有北宋人的，有同時人的，甚至有元代詩人的。

　　筆者按：參見《錢鍾書手稿集》之《容安館札記》第一冊五八六頁「第三百六十五則」，關於王邁的《臞軒集》有關論述。

誤收詩的第二類：與後世詩集相混

　　　　P64 與宋以後相混作者的考辯：曾鞏《城南》詩注 2──這一首也誤收入元好問《遺山詩集》卷十四，題作《春日寓興》。

　　　　P138 孔平仲《禾熟》詩注 1──清初畫家惲格《甌香館集》卷十《村樂圖》跟這首只有三個字不同──「鳴泉落竇」作「寒溝水落」；大約是惲格借這首詩來題畫，後人因此誤編入他的詩集裏。

　　　　P169《春懷示鄰里》詩注 1──這是陳師道的名作，也誤收入清末翁同龢《瓶廬詩稿》的「補輯」裏。

三、具體字句的考訂

　　　　P60 文同《織婦怨》「淚迸若傾瀉」句注 4——「迸」
原作「並」，據《皇朝文鑒》卷十三改。

　　按：《全宋詩》第 5313 頁文同《織婦怨》該句作「迸」。

　　　　P80 鄭獬《採鳧茈》詩「且急眼前饑」句注 2：（眼）
原作「昨」，據《皇朝文鑒》卷十七改正。

　　　　P116 蘇軾《書李世南所畫秋景》詩注 2 據鄧椿《畫繼》
卷四，「扁舟」應作「浩歌」；李世南圖「畫一舟子張頤鼓
枻作浩歌之態，今作『扁舟』，甚無謂也！」

　　　　P145 賀鑄《宿芥塘佛祠》「待晚先燒柏子香」句注 2：
（晚）一作「曉」，恐怕是後人看見這首詩用了兩個「晚」
字亂改的。這首詩都是寫當日的情事，層次分明：隔堤看
見寺院，覓路到門口，一進去只見滿地楊花，天還沒黑，
彷彿前早已點起夜香。假使改為「曉」字，不但突兀不連
貫，而且剛休息了一宵，就說「底許暫忘行役倦」，也說不
過去。

　　按：《全宋詩》第 12570 頁賀鑄詩《宿芥塘佛祠》該句作「待曉
先燒柏子香」。

　　　　P173 徐俯《春遊湖》注 2——「度」原作「渡」，疑心
是印錯的。

　　《全宋詩》第 15838 頁徐俯詩收此篇，題為《春日遊湖上》，詩
後注明出處為劉克莊《後村千家詩》卷一五。該句作「春雨斷橋人不
渡」。

　　　　P189 呂本中《柳州開元寺夏雨》詩注 2：《外集》誤「流」
字作「留」字，句遂無意義。《瀛奎律髓》卷十七選此時，
作「流」字，批語云：「刊本誤，余為改定。」

　　按：《全宋詩》第 18236 頁呂本中《柳州開元寺夏雨》作「水漲
初聞萬壑留」，該句下小字加注「四庫本作流」。

　　　　P394 王邁《觀獵行》「或言歧徑多，御者困追躡。」
句注一：「困」原作「因」，疑是誤字。

按：《全宋詩》第 35704 頁王邁《觀獵行》作「或言歧徑多，御者因追躡。」未有說明。

P441 嚴羽《臨川逢鄭遯之之雲夢》詩注 1——題目原作「臨川逢鄭遯之雲夢」，疑心漏掉一個「之」字；鄭遯之到湖北去，路過江西，遇見嚴羽。

按：《全宋詩》第 37194 頁嚴羽收錄此詩，題作《臨川逢鄭遯之雲夢》。

P458 文天祥《南安軍》詩「出嶺同誰出，歸鄉如此歸」句注 3——刻本作「出嶺誰同出？歸鄉如不歸！」據劉壎《隱居通議》卷十二改正。

P460 文天祥《金陵驛》詩「從今別卻江南路」句注 4——「路」刻本作「日」，據劉壎《隱居通議》卷十二改正。

P474 蕭立之《春寒歎》詩注 1——「歎」原作「家」，疑是誤字。《第四橋》詩「自把孤樽擘蟹斟」句注 1——「把」原作「折」，疑是誤字。

參考文獻

1. 《談藝錄》，錢鍾書著，北京：中華書局，1984 年版。
2. 《宋詩選注》，錢鍾書著，北京：三聯書店，2002 年版。
3. 《管錐編》，錢鍾書著，北京：中華書局，1986 年版。
4. 《七綴集》，錢鍾書著，上海：上海古籍出版社，1994 年版。
5. 《槐聚詩存》，錢鍾書著，北京：三聯書店，1995 年版。
6. 《錢鍾書散文》，錢鍾書著，杭州：浙江文藝出版社，1997 年版。
7. 《錢鍾書集》，錢鍾書著，北京：三聯書店，2001 年版。
8. 《錢鍾書手稿集·容安館札記》，錢鍾書著，北京：商務印書館，2003 年版。
9. 《宋詩紀事補正》，（清）厲鶚撰，錢鍾書補正，瀋陽：遼寧人民出版社、遼海人民出版社，2003 年。
10. 《宋詩紀事補訂》，（清）厲鶚撰，錢鍾書補訂，北京：三聯書店，2005 年版。
11. 《全唐詩》，北京：中華書局，1960 年版。
12. 《全宋詩》，傅璇琮等主編，北京：北京大學出版社，1991 年版。
13. 《全宋詞》，唐圭璋編，王仲聞參訂，孔凡禮補輯，北京：中華書局，1981 年版。
14. 《三家評注李長吉歌詩》，李賀著，馮浩箋注，上海：上海古籍出版社，1998 年版。
15. 《二程集》，程顥、程頤著，王孝魚點校，北京：中華書局，1981 年版。
16. 《伊川擊壤集》，邵雍著，上海：上海書店，1989 年版。

17. 《晦庵先生朱文公集》，朱熹著，上海：上海書店，1989 年版。

18. 《後山詩注補箋》，陳師道著，任淵注，冒廣生補箋，北京：中華書局，1995 年版。

19. 《後村先生大全集》，劉克莊著，上海：上海書店，1989 年版。

20. 《誠齋集》，楊萬里著，上海：上海古籍出版社，1989 年版。

21. 《劉辰翁集》，劉辰翁著，南昌：江西人民出版社，1987 年版。

22. 《桐江集》，方回著，臺北：商務印書館，1981 年版。

23. 《元遺山詩集箋注》，元好問著，施國祁注，北京：人民文學出版社，1958 年版。

24. 《瀛奎律髓匯評》，方回選評，上海：上海古籍出版社，1986 年版。

25. 《苕溪漁隱叢話》，胡仔纂集，北京：人民文學出版社，1984 年版。

26. 《詩人玉屑》，魏慶之編，上海：上海古籍出版社，1978 年版。

27. 《隨園詩話》，袁枚著，顧學頡校點，北京：人民文學出版社，1982 年版。

28. 《魯迅全集》，魯迅著，北京：人民文學出版社，1989 年版。

29. 《中國詩學》，葉維廉，北京：三聯書店，1992 年版。

30. 《宋金元文論選》，陶秋英編選，北京：人民文學出版社，1999 年版。

31. 《〈管錐編〉研究論文集》，鄭朝宗編，福州：福建人民出版社，1984 年版。

32. 《海濱感舊集》，鄭朝宗著，廈門：廈門大學出版社，1988 年版。

33. 《錢鍾書傳記資料》，臺北：天一出版社，1985 年版。

34. 《錢鍾書研究》第一輯，北京：文化藝術出版社，1989 年版。

35. 《錢鍾書研究》第二輯，北京：文化藝術出版社，1990 年版。

36. 《錢鍾書研究》第三輯，北京：文化藝術出版社，1992 年版。

37. 《錢鍾書楊絳研究資料》，馬光裕、田惠蘭、陳珂玉選編，武漢：華中師範大學出版社，1990 年版。

38. 《管錐編談藝錄索引》，陸文虎編，北京：中華書局，1990 年版。

39. 《錢鍾書研究採輯》，陸文虎編，北京：三聯書店，1992 年版。

40. 《錢鍾書研究採輯》，陸文虎編，北京：三聯書店，1996 年版。

41. 《「圍城」內外：錢鍾書的文學世界》，陸文虎著，北京：解放軍文藝出版社，1992 年版。

42. 《錢鍾書論學文選》，舒展選編，廣州：花城出版社，1990 年版。

43. 《錢鍾書》，胡志德著，張晨等譯，北京：中央廣播電視出版社，1990 年版。

44. 《錢鍾書和他的〈圍城〉──美國學者論錢鍾書》，張泉編，舒明等校譯，北京：中國和平出版社，1991 年版。

45. 《〈管錐編〉述說》，蔡田明著，北京：中國友誼出版公司，1991 年版。